그 여름의 왈츠

일러두기

- 이 책은 1987년 6월 민주 항쟁 당시의 대한민국의 사회·정치적 상황을 바탕으로 한 소설입니다.
- 이야기 속 인물과 사건은 모두 작가의 상상에서 비롯된 창작이지만, 그 배경은 실제 역사적 사건과 맞닿아 있습니다.
- 당시의 사회적 배경·인물·용어 등에 대한 이해를 돕기 위해 필요한 부분에 주석을 달았습니다. 주석은 페이지 하단에 실려 있습니다.
- 본문에 등장하는 음악 제목은 『 』로, 악장이나 곡의 일부는 「 」로 구분하여 표기하였습니다.

원유순 장편소설

그 여름의 왈츠

안녕로빈

목차

1 스프링 송

교문 앞 참새 분식점. 한 떼의 여중생들이 모여 시시덕거리고 있다. 무심코 눈길을 돌리던 은수는 속으로 혀를 차고 말았다. 3학년 일진, 고유림과 눈길이 딱 마주쳤기 때문이다.

“야, 김은수!”

탁하고 거친 고유림의 목소리가 곧바로 날아왔다. 반갑게 손까지 흔들면서. 고유림의 부름에는 언제나 거절할 수 없는 힘이 있다. 은수는 자동인형처럼 문방구 앞으로 시적시적 걸어갔다.

“애들아, 알지? 내 동생, 천재 바이올리니스트.”

고유림이 은수의 어깨에 팔을 척 걸치며 다정한 척 굴었다. 앞에 놓인 동그란 탁자에는 먹다 남은 떡볶이와 김을 모락모락 뿜어 올리는 라면이 냄새를 풍기고 있었다.

"알지, 알지. 환영, 환영!"

헤어스프레이로 세운 닭 볏 같은 앞머리, 선도부의 눈을 피할 만큼 교묘한 화장술로 멋을 낸 얼굴들이 호들갑스럽게 인사를 건넸다. 교복과 두발 자유화가 시행된 지 여러 해가 지났지만, 은현여중은 여전히 엄격한 규율을 고수하고 있었다. 화장은 물론, 값비싼 옷도 단속의 대상이었다. 하지만 고유림 패거리는 예외였다. 정학과 근신을 밥 먹듯 하는 아이들이라, 섣불리 건드렸다간 선생님까지 똥물을 뒤집어쓸 판이었다. 과시하듯 신은 나이키 운동화와 한쪽 어깨에 툭 걸친 화려한 색감의 백팩, 바짓단을 반쯤 접어 올린 디스코 바지는 그들의 위세를 뚜렷이 보여 주고 있었다.

"니들, 내 동생 잘 모셔라."

고유림이 거들먹거리며 말했다.

"물론이지. 귀요미 동생, 라면 먹을래?"

인조 눈썹을 붙인 아이가 나무젓가락을 딱 소리 나게 가르더니 거스러미를 문지른 다음, 은수에게 내밀었다.

"어, 네."

은수는 엉거주춤 동글 의자에 엉덩이를 걸쳤다. 교문을 나서던 2학년 아이들은 일진에게 잡혀 있는 은수를 흘금거리며 종종걸음으로 지나쳤다. 부러워하는 눈빛이 더러 있었지만, 대부분은 안됐다는 표정이었다.

"먹어, 먹어."

고유림이 은수의 어깨를 툭툭 두드렸다. 평소 같았으면 군침 돌며 먹었을, 방금 끓여 낸 고슬고슬한 라면이었다. 하지만 지금 은수는 억지로 면발을 입에 넣었다. 속이 더부룩하고, 마음이 거북했다.

모든 일의 발단은 지난 2월 치러진 졸업식에서 비롯되었다. 졸업식을 앞두고 음악 선생님이 은수를 불렀다.

"알다시피 이번이 우리 학교 50회 졸업식이잖니? 반세기를 기념하는 행사에 특별 이벤트로 뭐가 좋을까 생각하다가 축하 연주회를 하기로 했어. 은현여중 합창단이 졸업 축가를 부르고, 네가 이어서 바이올린 독주를 하는 거야. 어머니에게 허락받았으니까 열심히 연습해서 실수 없도록 하렴."

전교생이 지켜보는 무대에서 연주할 걸 생각하니, 은수는 덜컥 두려움이 밀려왔다. 하지만 이미 엄마가 허락했다니 피해 갈 길이 없어 보였다. 은수는 마지못해 고개를 끄덕였다. 엄마는 틀림없이 선생님의 제안을 두 팔 벌려 반겼을 것이다. 아니나 다를까, 이참에 봄에 있을 콩쿠르를 대비해 예행연습 삼고, 무대 경험도 쌓자며 엄마는 은수를 다그쳤다.

졸업식 당일, 무대에 오른 은수는 눈에 띄는 실수는 하지 않았지만 소심한 성격 탓에 온전히 제 실력을 발휘하지는 못했다. 엄마는 속상해한 반면, 학교에서는 칭찬이 자자했다. 그 바람에 은수는 단박에 주목받는 대상이 되었고, 그 중 유별나게 관심을 보인 사람이 바로 일진 언니로 통하는 고유림이었다. 다음날 고유림은 2학년 3반 교실을 찾아와 은수를 의형제로 삼겠다며 공공연하게 선언했다. 그날부터 고유림은 수업이 끝날 때마다 기다렸다는 듯이 은수를 불러 댔고, 자기 딴에는 동생 대접을 한답시고 걸핏하면 분식점에서 간식을 샀다.

"은수야, 그거 뭐라고 했지? 그 뭐냐?"

"『스프링 송Songs Without Words, Book 5, Op.62, Spring Song』이요. 멘델스존."

벌써 몇 번째인지도 모를 말을 반복했지만, 고유림은 매번 처음 듣는 것처럼 감탄했다.

"와아, 맞아. 『스프링 송』. 그거 '봄노래'라는 뜻이지? 은현여중의 봄! 아, 경쾌하면서도 애절한 선율. 나 생전 처음 감동 먹었잖아. 심장이 막 오글오글해서 죽는 줄 알았어."

고유림이 그날의 연주를 떠올리듯 사르르 눈을 감으며 감탄사를 연발했다.

"나도 그랬어. 넌 어쩜 그렇게 바이올린을 잘 치니?"

인조눈썹이 긴 눈썹을 껌벅이며 아양을 떨었다. 잘 치다니, 바이올린이 피아노인 줄 아나. 은수는 피식 터지는 웃음을 참으려 입술을 깨물었다.

"뭐든 필요한 거 있으면 이 언니를 찾아. 알았지?"

꿀이 뚝뚝 떨어지는 눈으로 고유림이 말하자, 패거리들이 "그럼, 그럼." 하며 이구동성으로 맞받았다.

"괴롭히는 아이들이 있으면 꼭 말하고. 알았지?"

"그럴게요, 언니."

은수는 공손하게 대답하고는 자리에서 일어섰다. 고맙다는 말도 빼놓지 않았다.

"후유."

고유림 패거리에서 벗어난 은수는 막혔던 숨을 토해 냈다. 라면 면발이 다시 꼿꼿하게 일어서며 속을 휘저었다. 앞으로의 학교생활을 생각하니 답답했다. 고유림의 관심이 언제까지 계속될까.

땅거미가 내려앉은 골목을 들어서며 은수는 마음이 급해졌다. 평소보다 많이 늦었기 때문이다. 어떻게든 빠져나와야 했는데, 그럴 용기가 없는 자신이 못마땅했다. 서둘러 열쇠를 꽂아 대문을 열었다. 낡은 철 대문이 쇳소리를 내며 삐그덕거렸다. 이럴 때마다 엄마는 한심하다는 듯 뇌까렸다. "대체 이 집 남자는 뭘 하나 몰라." 주인집 아저씨는 허구한 날 집에서 놀고 있는데 집 안팎의 궂은일은 주인아줌마가 다 한다며 핀잔했다. 엄마가 그런 말을 할 때마다 은수는 아빠가 떠올라 가슴 한구석이 아렸다. 아빠는 어땠을까. 빛바랜 기억이지만 아빠와 엄마는 서로에게 늘 무심했다. 그런 아빠가 주인집 아저씨보다 나을 리 없었다. 그랬다면 두 사람이 헤어지지도 않았겠지.

은수는 계단을 툭툭 밟고 올라 2층 현관문을 열었다. 가방을 팽개치듯 던져두고 서둘러 윗옷을 벗었다. 시장표 점퍼였다. 고유림 패거리가 걸치고 있는 유명 상표의 옷들이 떠올랐다. 짝퉁일 게 뻔했지만, 그들이 우기면 진짜가 되는 거였다. 만약 시장표 점퍼가 고유림 패거리의 놀림감이 되었다면……. 어휴, 그건 더 끔찍했다. 욕실로 들어가 수도꼭지를 틀자, 쏴아 소리를 내며 물이 폭포수처럼 쏟아졌다. 진한 소독약 냄새가 코를 찔렀다. 은수는 소독약으로 뿌예진

수돗물로 얼굴과 목덜미를 씻었다. 긴장한 탓인지 두툼한 점퍼 때문인지 진득한 땀이 속옷에 배어 끈적였다.

뚜르르르.

거실에서 전화벨이 요란하게 울렸다. 은수는 얼굴을 닦던 수건을 목에 걸치고 수화기를 집어 들었다.

"여보세요?"

"무슨 일 있었니? 왜 이제야 받아?"

걱정과 질책이 섞인 엄마의 목소리가 수화기 속에서 쟁쟁거렸다. 서울에 있는 예술 중학교에 떨어진 후부터 엄마는 은수의 일거수일투족을 더욱 감시하려 들었다.

"수업이 늦게 끝났어."

"세브지크 이십 번 하고, 콘체르트 해. 그래야 늘어. 알겠어?"

"알았어."

은수는 힘없이 수화기를 내려놓았다. 세브지크는 활의 테크닉을 연마하기 위한 교본이다. 몇 마디 안 되는 가락을 적게는 수십 번, 많게는 수백 번씩 연습해야 하는 이 교본을 은수는 가장 지겨워했다. 엄마는 은수에게 모든 기대를 걸고 있었다. 비록 예중은 떨어졌지만, 콩쿠르에 입상만 하면 예고 입학 때 가산점을 받을 수 있다며 성화였다.

은수는 악기 가방을 열고 바이올린을 꺼냈다. 이번 콩쿠르를 위해 비싼 돈을 들여 마련한 독일산 수제 바이올린이었다.

"진작 바꿔야 했는데. 내가 미련했어."

엄마는 은수가 예술 중학교에 떨어진 걸 악기 탓으로 돌렸다.

"예고만 들어가. 엄마가 무슨 수를 써서라도 고급 악기로 바꿔 줄게."

'콩쿠르', '예고 입학' 생각만 해도 가슴이 옥죄어들었다. 중앙 일간지 후원으로 서울에서 열리는 이번 콩쿠르에는 그야말로 전국의 음악 영재들이 모여들 것이다. 은수는 그 영재들 속에서 눈에 띌 자신이 없었다.

은수는 무거운 마음으로 바이올린을 잡았다. 눈을 감고 숨을 고른 다음, 쇼스타코비치의 「왈츠 2번」을 연주하기 시작했다. 은수가 좋아하는 곡이었다. 서정적인 음률, 춤추듯 매혹적인 멜로디와 리듬이 마음을 부드럽게 감싸 주었다. 오늘처럼 우울한 기분일 때는 적격이었다. 원래 제목은 『오케스트라를 위한 재즈 모음곡 2번Suite for Jazz Orchestra NO.2』으로 쇼스타코비치가 1938년에 소련 국립 재즈 오케스트라를 위해 작곡한 곡이다. 정통 클래식이 아닌 대중적인 재즈 음악이라며 엄마는 질색하지만, 은수는 이 곡이 좋았다. 몇 번을 반복해서 연주하고 나니 무거웠던 마음이 조금은 가벼워졌다. 오케스트라와 함께 연주하면 재미있을 것 같다는 막연한 생각이 들었다. 그러려면 예고를 가야 하나. 다시 가슴이 턱 막혀서 은수는 한숨을 길게 내쉬었다.

"안에 있니?"

불쑥 현관문이 열리더니 주인아줌마가 얼굴을 들이밀었다. 밀린 월세가 먼저 떠올랐다. 비싼 바이올린을 장만하느라 이번 달 생활비가 더 빠듯했을 거다. 그러나 은수의 예상과는 달리 아줌마는 다른 말을 꺼냈다.

"얘, 너 그 바이올린 말이야. 밤에는 안 할 수 없니?"

"네?"

"우리 현민이 고 3이잖니? 소리 때문에 공부에 집중할 수 없어서 말이야."

현민은 주인집의 막내아들이다. 엄마 말에 의하면 큰아들은 공장에 취직해서 나가 있고, 둘째 아들은 불량배들과 패싸움하다가 행방불명이 되었다고 했다. 삼청 교육대[1]로 끌려갔을지 모른다는 소문도 돌았다. 삼청 교육대는 정부가 거리의 부랑배들을 잡아 가두어 놓는 곳인데, 한 번 들어가면 살아 돌아오지 못하는 끔찍한 곳이라 들었다. 그래서

인지 주인집 아저씨와 아줌마는 늘 안색이 어두웠다. 전교 석차 상위권에 드는 막내아들이 집안의 기대를 한 몸에 받는 건 당연했다. 공부를 잘한다는 것도 순전히 아줌마의 아들 자랑으로 알게 된 거지만, 사실이긴 한 것 같았다. 꼭두새벽에 나가 밤늦게 돌아오는 현민과 은수가 마주칠 일은 많지 않았지만, 한눈에 봐도 현민의 얼굴에는 '모범생'이라고 쓰여 있었다.

"네, 조심할게요."

밤에 연습을 못 하면 언제 할지 난감했지만, 일단 공손하게 대답할 수밖에 없었다.

"밤 아홉 시 전에는 연습해도 괜찮아. 그럼 부탁한다."

은수가 사는 집은 콘크리트 슬래브 구조의 이 층 양옥이다. 아래층에 주인집 식구들이 살고, 위층에 은수네가 세 들어 살고 있다. 방음벽이 아니니 바이올린 소리가 고스란히

---

1) 1980년 8월 4일 계엄이 선포된 후 전국 각지의 군부대에 설치된 기관. 국가 보위 비상 대책 위원회의 사회 정화 정책이었으나, 재소자에게 가혹 행위와 인권 유린이 행해졌다. 자신이나 가족이 삼청 교육대에 끌려갔어도 항의조차 할 수 없었다. 민주화가 이뤄지고 문민정부가 들어선 후에도 상당 기간 국가로부터 피해 보상조차 제대로 못 받았다. 삼청 교육대의 '삼청'은 당시 국가 보위 비상 대책 위원회가 서울특별시 종로구 삼청동에 위치해 있어서 지어진 이름이다.

아래층으로 전해질 것이다. 듣기 좋은 소리도 한두 번이지, 그럴만하다는 생각이 들었다. 그나마 아홉 시 이전은 봐주겠다고 하니 다행이었다. 엄마가 알면 당장 이사 가야겠다며 펄쩍 뛸 게 뻔해서 은수는 당분간 입을 다물기로 했다.

2 은수의 바이올린

"너 도대체 뭐 하는 거야?"

남주 선생의 숨결이 거칠어졌다. 은수는 어깨에 올렸던 바이올린을 내리며 고개를 숙였다. 벌써 여러 차례 같은 마디에서 똑같은 실수를 저지르고 있었다. 피아노 반주를 하던 영아 이모가 긴장해서 그런 것 같다며 은수를 다독였다. 남주 선생은 짜증스러운 얼굴을 거두지 않았다.

"긴장을 놓지 않는 것도 정신력이야, 정신력! 이겨 내야지."

은수는 다그치는 남주 선생에게 고까운 마음이 들었지만, 틀린 말은 아니었다. 머릿속으로는 악보가 훤하게 그려지는데도 번번이 같은 곳에서 박자를 놓치거나 음정이 어긋났다. 은수도 그런 자신이 한심했다. 남주 선생의 지적대로 약한 정신력 탓이라는 생각이 들었다.

"연습을 해야지, 연습을. 날고 기는 애들이 모이는 자리야. 천재도 죽어라 연습하는데 너는 대체……."

남주 선생은 그때까지도 똑딱거리는 메트로놈을 끄고 은수의 손을 쥐었다. 얄팍하고 차가운 손이었다.

"집중 좀 하자!"

남주 선생은 한숨 쉬듯 내뱉고는 쌩하니 교습실을 나갔다.

은수는 어깨에 힘이 쭉 빠지며 눈물이 차올랐다. 두 눈을 슴벅거리는 은수를 영아 이모가 안쓰러운 듯 바라보았다.

"괜찮아, 은수야. 점점 좋아질 거야."

영아 이모는 엄마의 교습소에서 피아노 레슨을 맡고 있다. 음대를 나오지 않은 엄마가 피아노 교습소를 열 수 있었던 건 순전히 음대를 졸업한 영아 이모 덕분이었다.

은수는 국민학교 2학년 때 음악을 시작했다. 영아 이모가 피아노를, 엄마가 바이올린을 가르쳐 주었다. 4학년이 되면서 피아노 레슨을 중단하고 바이올린만 계속하기로 했다. 연주자가 되어 무대에 서려면 피아노보다 바이올린이

유리하다는 엄마의 논리 때문이었다. 엄마는 바이올린 전공자를 어렵게 찾아서 은수를 맡겼다. 남주 선생은 세 번째 바이올린 선생님이었다. 은수는 피아노는 피아노대로 바이올린은 바이올린대로 재미있었지만, 엄마 말을 고분고분 따랐다. 그런데 언젠가부터 엄마의 강요와 과한 열정이 부담스럽기 시작했다. 마치 코뚜레에 꿰인 송아지가 된 것처럼 답답한 기분이었다.

"은수야, 잠시 쉬어. 그리고 다시 연습하자."

영아 이모는 은수를 토닥이고는 연습실을 나갔다. 은수는 콩쿠르 지정곡인 콘체르트 악보를 들여다보았다. 순간 자잘한 음표들이 벌레처럼 어지럽게 살아 움직이는 것 같았다. 은수는 놀라서 움찔하고는 악보를 후다닥 덮었다. 심장이 두근거리며 숨이 가빠 왔다. 아무래도 콩쿠르 때문에 스트레스가 쌓인 것 같았다. 은수는 일어나 커튼을 젖히고 창문을 열었다. 교습소 건물 담장 위로 노란 개나리가 흐드러지게 피어 있었다. 번득 눈앞에 한 장면이 아른거렸다.

그날도 오늘처럼 골목에 노란 개나리가 활짝 피어 있었다. 유치원 버스에서 내린 은수가 개나리 담장을 따라 타박타박 걸어서 파란 대문 앞에 섰을 때였다. 번쩍거리는 빨간 경광등을 단 하얀 구급차가 눈앞을 턱 가로막았다. 놀랄 새도 없이 누군가 은수를 덥석 안아 올렸다. 노란 조끼를 입은 구급대원 아저씨였다. 은수가 발버둥을 치려는 순간, 대문 밖으로 들것이 실려 나왔다.

"아이고, 아이고!"

이어서 외할머니가 따라 나오며 통곡했다. 들것의 하얀 시트 위로 빨간 핏물로 얼룩진 엄마의 팔이 보였다.

"아악, 으악!"

은수는 마구 발버둥을 치며 온 힘을 다해 아저씨를 밀어냈다. 그러나 아저씨의 팔은 완강하게 은수를 붙잡고 놓지 않았다.

"아이고, 우리 은수. 우리 은수, 불쌍한 은수!"

할머니가 두 팔을 벌려 은수를 안았다. 요란한 소리를 내며 구급차가 떠나갔고, 은수는 할머니와 남았다. 엄마가 예리한 면도칼로 손목을 그었다는 걸, 마침 할머니가 집에 들러서 엄마가 살았다는 걸 은수는 한참 후에야 알게 되었다. 그즈음의 엄마는 낮인데도 침대에 늘어져 있었고, 밥을 먹지 않았으며, 한밤중 불 꺼진 방 안을 서성이곤 했다. 그게 심한 우울증 때문이라는 걸 은수는 중학생이 된 후에야 어렴풋이 알았다.

그랬던 엄마가 기적적으로 다시 일어섰다. 이혼할 때 챙

긴 쥐꼬리만 한 위자료를 가지고 원주로 내려와 음악 교습소를 열면서 서서히 활기를 되찾기 시작했다. 엄마 활력의 근원이 교습소였는지, 바이올린을 배우기 시작한 꼬마 은수였는지는 알 수 없었다. 분명한 건 엄마가 이전과는 완전히 다른 사람이 되었다는 거다. 은수는 가끔 궁금해지곤 했다. 왜 하필 원주였을까. 서울에 비해 집값이 싸다는 게 엄마의 설명이었지만, 아마도 이혼한 사실을 남들에게 숨기고 싶어서인 것 같았다. 영아 이모도 주인집 아줌마도 은수 아빠가 병으로 일찍 세상을 떠난 것으로 알고 있었다. 그 사실을 눈치챈 뒤로 은수 역시 아빠가 돌아가신 것처럼 행동하고 아빠에 관해서는 절대 먼저 말하지 않았다.

"연주자가 되어서 오케스트라와 협연하는 모습을 상상해 봐. 얼마나 멋지니?"

그렇게 말하는 엄마의 얼굴이 행복해 보였다. 마치 무대에 선 사람이 엄마 자신인 것처럼. 바이올린 연주자가 되고 싶었던 자신의 꿈을 엄마는 은수에게 투영했다. 음악에 재능이 많았던 엄마였지만, 외삼촌이 의대에 진학하면서 음대에 가려는 꿈을 접어야 했다. 엄마는 외할아버지의 독단적인 결정으로 적성에 맞지 않는 2년제 초급 대학의 상업학과에 입학했고, 졸업 후에는 작은 회사에 들어가 경리로 일하며 받은 월급을 외삼촌의 학비에 보탰다. 그리고 아빠와 결혼했다. 어쩌면 엄마는 집과 회사에서 벗어나는 돌파구로 결혼을 선택했는지 모른다. 하지만 아빠는 엄마보다 더 젊고 애교 있는 회사 여직원에게 한눈을 팔았고, 결국 엄마를 버렸다.

"아무래도 실력 있는 선생을 구해야겠어."

엄마는 종종 남주 선생에 대한 불만을 털어놓았다.

"난 괜찮은데."

남주 선생이 좋은 건 아니었지만, 낯선 사람에게 다시 적응해야 하는 게 은수는 부담이었다. 선생님이 바뀔 때마다 운지법과 활 잡는 법이 달라지는 것도 힘들었다.

"괜찮기는 뭐가 괜찮아? 자기 수준은 생각 안 하고 너한테 짜증만 내잖아."

은수는 속으로 한숨을 쉬었다. 애먼 남주 선생이 자신 때문에 욕을 먹는 게 미안하기도 했다.

"여기저기 수소문하고 있으니까, 넌 연습만 열심히 해."

강원도 원주에서 엄마의 기준에 맞는 선생님을 구하기가 어디 쉬운 일일까. 더군다나 그런 선생에게 레슨 받으려면 수업료가 지금의 서너 배는 비싸질 게 뻔한데. 그렇게 비싼 수업료를 내고 레슨을 받는 게 맞을까. 그럴 만큼 자신에게 소질이 있을까. 은수는 확신이 없었다.

"레슨비 많이 들잖아."

"네가 왜 돈 걱정을 해? 괜찮아, 엄마가 좀 더 뛰면 돼."

지금보다 더 많은 교습생을 받겠다는 뜻이었다. 빡빡한 일정에 지친 엄마의 얼굴이 보였다. 은수를 통해 대리만족을 얻고 싶은 마음도 훤히 보였다. 답답했지만 은수는 차마 불만을 입 밖에 낼 수 없었다. 아무리 떨쳐 내려고 해도 엄마가 손목을 그었던 그날의 기억이 자꾸만 은수를 옥죄었다. 엄마가 또 무너져 버리면 어쩌나. 두렵고 무서웠다.

어둠이 내려앉은 은현삼거리 정류장에 버스가 평소와 달리 조심스럽게 멈춰 섰다. 무거운 책가방에 바이올린까지 짊어진 중학생 여자아이가 기사의 눈에 안쓰럽게 비쳤던 모양이다. 어쩌면 기사에게 은수 또래의 딸이 있을지도 모른다. 버스 기사의 배려 덕분에 어둡게 가라앉았던 은수의 마음이 조금은 밝아졌다.

정류장에 내려서자마자 후드득 빗방울이 떨어지기 시작하더니 금세 굵은 빗줄기로 변했다. 봄비치고는 제법 큰비였다.

'어쩌지?'

은수는 어깨에 멘 바이올린 가방을 가슴 앞으로 끌어당겨 안고 집을 향해 달리기 시작했다. 하지만 몇 걸음 떼기도 전에 빗줄기가 더 거세졌다. 이대로 가다가는 비에 쫄딱 젖을 게 틀림없었다. 자신이 젖는 건 괜찮았지만 문제는 바이올린이었다. 자칫 바이올린 속으로 빗물이 스며든다면, 그건 정말 큰일이었다. 정류장에서 집까지는 아무리 서둘러도 이십 분은 족히 걸린다. 지금처럼 장대비가 퍼붓는다면 시간은 그보다 훨씬 더 걸릴 거였다. 은수는 비를 피하려 길가 이발소 처마 밑으로 들어갔다. 이발소의 오색 네온등이 뱅글뱅글 돌면서 젖은 도로 위에 아롱졌다. 어제까지만 해도 이발소 지붕 가득 흐드러졌던 목련 꽃잎이 이제 검은 아스팔트 위에 찰싹 달라붙어 있었다. 이따금 차들이 그 위를 밟고 쌩쌩 달렸다. 빗줄기가 몰고 온 어둠이 어느새 사방을 어둑하게 물들였다. 으스스한 한기가 몰려왔다. 은수는 바이올린을 꼭 끌어안고 몸을 잔뜩 움츠렸다.

“김은수!”

얼마쯤 지났을까. 툭진 목소리가 들렸다. 고유림이었다. 옆에는 어김없이 껌딱지처럼 붙어 다니는 패거리들이 있었다. 하마터면 은수는 ‘아!’ 하고 괴로워하는 소리를 내지를 뻔했다. 고유림 역시 우산이 없었던지 물에 빠진 생쥐 같았다. 수탉 벼슬처럼 빳빳하게 세운 앞머리가 가차 없이 축 처져 있었다. 그 꼴이 우스워서 은수는 슬그머니 입술을 앙다물었다.

"이런, 우리 동생이 쫄딱 젖었구나."

정말로 동생을 걱정하는 듯, 고유림의 목소리에 애틋함이 묻어 있었다. 은수는 대답 대신 바이올린 가방을 더 꼭 끌어안았다. 왠지 모르게 콧등이 시큰거렸다.

"야, 박정아. 오바 벗어."

유림이 인조눈썹에게 명령했다. 인조눈썹 이름이 '박정아'인 모양이다. 인조눈썹은 군말 없이 입고 있던 빨간 코트를 벗어 은수에게 내밀었다. 고유림이 대신 코트를 받아 은수의 바이올린을 푹 덮어씌웠다.

"동생아, 마음 같아선 집까지 데려다주고 싶지만, 우리가 일이 바빠서 말이야. 혼자서 잘 갈 수 있지?"

은수는 어쩐지 마음이 뭉클해져 간신히 고개를 끄덕였다.

"자, 뛰어. 나중에 언니가 떡볶이랑 라면 사 줄게."

고유림이 은수의 등을 떠밀었다. 은수는 명령이 입력된 자동인형처럼 빗속을 뛰기 시작했다.

수건으로 젖은 몸을 다 말리기도 전에 전화벨이 울렸다. 엄마일 것이다. 은수는 시끄러운 수화기를 한동안 노려보았다. 지금은 엄마의 잔소리를 받아 낼 기분이 아니었다. 은수가 전화를 받지 않자, 전화벨은 한동안 재촉하듯 울리다 멎었다. 엄마의 조바심이 신경 쓰였지만, 만사가 귀찮았다. 은수는 방으로 들어와 이불을 뒤집어쓰고 아랫목에 몸을 눕혔다. 한기가 한꺼번에 밀려오며 몸이 덜덜 떨렸다. 연탄불이 꺼져 가는지 방바닥이 미지근했다. 연탄을 갈아야 하지만 손가락 하나 까딱하고 싶지 않았다.

끊겼던 전화벨이 다시 울렸다. 이번에도 받지 않으면 엄마가 한달음에 달려올 것이다. 그런 번거로움은 피하고 싶었다. 은수는 이불을 뒤집어쓴 채 무릎으로 기어가 수화기를 들었다.

"무슨 일 있는 거니?"

불안으로 서성거렸을 엄마의 모습이 떠올라 은수는 문득 미안한 마음이 들었다.

"아니."

목이 잠겨 목소리가 갈라졌다.

"우산도 없이 어떻게 집까지 갔어? 비 맞았지?"

"괜찮아. 괜찮대도."

은수는 끓어오르는 짜증을 이빨 사이로 억누르며 최대한 담담하게 대꾸했다.

"추워서 깜빡 잠들었어. 아무 일 없다고."

"어머나, 얼른 보일러 좀 들여다봐."

거실의 싸늘한 냉기가 몸속으로 밀려왔다.

전화를 끊은 은수는 스웨터를 걸치고 밖으로 나왔다. 줄기차게 퍼붓던 비가 거짓말처럼 멎었고, 까만 하늘에는 쌀알 같은 하얀 별들이 총총 예쁘게도 돋아 있었다. 탄성이 절로 나왔다. 봄밤의 싸늘함과 청량함이 고스란히 몸으로 배어들었다. 은수는 가끔 생각했다. 자신이 서울을 그리워하지 않는 이유가 어쩌면 별이 총총한 원주의 밤하늘 때문이 아닐까. 원주에는 높은 건물이 거의 없어서 어느 방향으로든 시야가 훤히 트인다. 도심에서 조금만 벗어나면 무논에서 개구리 울음소리가 들리고, 들판에는 풀꽃이 지천이다. 계절마다 다른 풍경을 보여 주는 근사한 치악산도 원주가 좋은 또 하나의 이유였다.

은수는 한참 동안 작고 아스라한 별에 눈길을 주다가 종종걸음으로 보일러실 문을 열었다. 예상했던 대로 보일러 속 연탄불은 가물가물 꺼져 가고 있었다. 늘 하던 대로 연탄 광에서 번개탄을 꺼내 와 중간에 깔고 그 위에 새 연탄을 잃었다. 엄마가 교습소를 연 뒤로 연탄불을 가는 것은 거의 은수 몫이었다. 몇 년 전 연탄아궁이에서 연탄보일러로 바꿨다. 하루 세 번 갈아야 했던 연탄불을 한 번만 갈아도 돼서, 그나마 수고가 줄었다. 매캐한 연기와 독한 냄새를 풍기며 연탄가스가 올라왔다. 보일러 뚜껑을 덮고 은수는 서둘러 방으로 돌아왔다. 저녁 밥상을 차리려다 문득 아무렇게나 벗어 던진 빨간 코트가 눈에 들어왔다. 은수는 빗물을 머금어 묵직해진 코트를 잘 펴서 건조대에 널었다. 걸걸한 고유림의 목소리가 들리는 듯했다. 은수의 입가에 슬며시 미소가 번졌다.

"언니들은 잘 들어갔을까?"

무심결에 '언니'라는 말을 내뱉고 나니 왠지 쑥스러워졌다. 그동안 불량 학생이라며 나쁘게만 봐 온 게 미안했다. 더구나 코트를 빼앗기고 추위에 떨었을 인조눈썹을 생각하니 미안함을 넘어 죄스러운 마음마저 들었다.

"그나저나 코트를 어떻게 돌려주지?"

은수는 한숨을 쉬었다.

3 서울의 냄새

원주에서 청량리로 가는 중앙선 무궁화호 열차는 칸칸이 만원이었다. 좌석은 물론 통로까지 사람들로 꽉 들어차 시끄럽고 복잡했다. 대학생으로 보이는 젊은이들은 바닥에 신문지를 깔고 앉아 기타를 퉁퉁 쳐 대며 노래를 불렀다. 체면도 잊은 채 팔걸이에 엉덩이를 들이미는 승객들 통에 자리에 앉은 사람들은 제대로 허리 한 번 펴지 못한 채 몸을 움츠리고 있었다. 그런데도 화내거나 불평하는 사람은 거의 없었다. 모두 여행을 떠나는 것처럼 들뜨고 설레는 모습이었다.

은수는 운 좋게 창가 자리를 차지했다. 엄마가 아침 일찍 플랫폼 맨 앞자리에 줄 서 있다가 기차가 오자마자 번개처럼 뛰어올라 자리를 잡아 준 덕분이었다.

“잘 찾아갈 수 있지?”

은수는 엄마를 향해 고개를 끄덕였다. 콩쿠르 예선이 열리는 연세대학교를 찾아가는 건 걱정되지 않았다. 그보다는 심사 위원들 앞에서 연주할 걸 생각하면 온몸이 마비된 것처럼 얼어붙었다. 은수는 불안감을 털어 버리려고 고개를 흔들었다.

“야, 깽깽이!”

소리가 들리는 쪽으로 무심코 고개를 돌린 은수는 깜짝 놀랐다. 서너 자리 떨어진 곳에 낯익은 얼굴이 보였다. 닭볏 머리에 빨갛게 립스틱까지 바른 인조눈썹이 은수에게 손을 흔들고 있었다. 일진들을 기차 안에서 만나리라고는 꿈에도 생각 못 했다. 옆에 한통속인 패거리가 두 명 있었지만, 자리를 잡지 못했는지 주위를 두리번거릴 뿐 은수에게 관심을 보이지 않았다.

“우린 롤러 타러 서울 가. 원주는 후졌어.”

인조눈썹이 어깨에 멘 롤러스케이트 가방을 흔들어 보이며 외쳤다. 일진들이 롤러장을 주름잡는다더니 서울까지 롤러스케이트를 타러 가는가 보다. 인조눈썹은 통로에 빽빽하게 들어선 사람들을 헤치며 은수 앞으로 다가왔다.

"야, 너 싸가지 없이 그러기야?"

인조눈썹이 대뜸 눈을 치켜뜨며 앙칼지게 소리쳤다.

"네?"

은수는 어리둥절하여 인조눈썹을 바라보았다.

"남의 오바를 빌렸으면 깨끗하게 드라이해서 돌려줘야 하는 거 아니야?"

말린 코트를 종이 가방에 담아 돌려주었을 때는 고맙다더니, 이제 와서 웬 시비인가 싶었다.

"언니, 죄송해요. 여기 앉아 가실래요?"

은수는 엉거주춤 엉덩이를 일으켰다.

"학생! 어서 앉아."

앞자리에 앉은 뽀글 파마 아줌마가 은수의 팔을 잡아 주저앉혔다. 그러고는 좌석 옆 통로까지 팔을 척 걸치며 인조눈썹을 밀어냈다.

"이봐, 학생. 여긴 임자가 있어."

아줌마는 화장실 쪽으로 길게 고개를 빼 보이며 들으라는 듯이 목소리를 높였다.

"이 사람들은 왜 안 와? 오줌 누고 온다더니 줄줄이 큰 걸 보는 겨?"

"아, 아줌마 뭐예요?"

뽀글 파마 아줌마의 기세에 인조눈썹이 잔뜩 인상을 구겼다. 그러다가 안 되겠는지, 은수를 한 번 흘겨보고는 일행이 있는 쪽으로 돌아갔다.

"친구여? 저런 애들 사귀면 나쁜 물 들어. 안 돼야."

은수는 아줌마의 속내를 알아채고는 그만 헛웃음이 나왔다. 그런 은수를 보고 아줌마가 '나 잘했지?' 하는 얼굴로 능청스럽게 웃었다.

"학생은 깽깽이 메고 서울은 뭐 하러 간댜?"

일행인 듯한 아줌마들이 일제히 은수를 바라보았다. 마주 앉을 수밖에 없는 좌석 배치 때문에 은수는 꼼짝없이 그들의 호기심 속에 사로잡히고 말았다. 아줌마들은 돌아가면서 질문을 쏟아냈다. 어디 사냐, 몇 살이냐 등 개인 신상을 묻더니, 나중에는 이것저것 먹으라며 자꾸 권했다. 가뜩이나 인조눈썹 때문에 바늘방석에 앉은 것처럼 불안한데, 삶은 달걀에 소금까지 푹 찍어 내미는 통에 속이 울렁거렸다.

"배가 든든혀야 콩꾸로인지 뭐신지도 잘하지."

오지랖도 그런 오지랖이 없었다. 자칫 배탈이 나기라도 하면 대회는커녕 연주장까지 가지도 못할 판이었다.

"제가 속이 좀 불편해서요."

"괜찮여. 어여 먹고 사이다 한 병 쭉 들이켜면 쑥 내려갈 겨."

아줌마는 보따리 안에서 종이컵을 꺼내 사이다까지 따라주었다. 더는 거절할 수 없어서 은수는 삶은 달걀을 베어 물었다. 고소한 노른자 맛이 입안에 감돌았다. 양계장 달걀이 아닌, 집에서 키운 달걀 맛이었다. 사이다까지 한 모금 마셨더니 정말 울렁거리던 속이 가라앉았다.

"고맙습니다."

두 시간 넘게 함께 앉아 가다 보니 어느덧 은수는 아줌마들의 떠들썩한 수다를 들으며 웃고 있었다. 어디서든 긴장을 해제시키는 재능이 시골 아줌마들에게는 있었다. 은수는 가끔 그런 성격이 부럽기도 했다. 자신이 다른 사람을 대할 때 스스로 벽을 세운다는 걸 은수도 잘 알고 있었다.

"이것도 다 인연인데 잘하고 오너라."

"안녕히 가세요."

청량리역에 도착해서 은수는 정이 넘치는 충청도 아줌마들과 작별 인사를 했다. 아줌마들에게서 해방된 게 후련하기도 했고, 다시 혼자가 돼서 허전하기도 했다. 아줌마들의 드센 기세에 기가 죽었는지 눈썹 패거리들은 내리자마자 어디론가 사라지고 없었다. 드넓은 서울 한복판에 혼자 남겨지고 보니 불안감이 밀려와 주눅이 들었다. 아이, 이대로 땅으로 푹 꺼졌으면.

은수는 기차역을 빠져나와 1호선 전철역을 향해 발걸음을 옮겼다. 엄마는 청량리역에서 연세대학교까지 가는 길을 몇 번이고 설명하며 서울 지하철 노선도까지 꼼꼼하게 그려 주었다. 1호선을 타고 시청역에 내려서 2호선으로 갈아타고 나서야 은수는 마음이 조금 놓였다. 외삼촌 댁이 아현동이라 원주로 이사한 뒤에도 두어 번은 다녔던 길이다. 외할머니가 돌아가신 뒤로 엄마는 집안의 큰 행사가 아니면 외삼촌 댁에 발길을 두지 않았다. 오랜만에 와 본 서울은 딴 세상처럼 바뀌어서 낯설었다.

은수네가 원주로 가고 나서 개통한 2호선 전철은 깔끔하고 한산했다. 은수는 줄곧 어깨에 메고 있던 바이올린과 연주복을 선반에 올려두고 손잡이를 잡았다. 연세대에 가려면 신촌역에 내려야 한다. 짧은 거리라 딴생각하다가 지나칠까 봐 더 신경이 쓰였다. 창밖 표지판에 시선을 두고, 안내 방송에 귀를 기울이며 사뭇 긴장한 채 서 있을 수밖에 없었다.

"은수야, 널 혼자 보내서 어쩌니? 영아라도 같이 가면 좋을 텐데, 걔는 하필 이럴 때 서울을 먼저 가 버린다니?"

피아노 교습이 밀려 같이 가지 못한다며 엄마는 울상을 지었다. 영아 이모가 피아노 반주를 맡아서 자리를 비워야 하는데, 엄마까지 함께 가면 교습소 문을 닫아야 한다. 새로 장만한 바이올린 값을 보충하느라 엄마가 레슨 일정을 빽빽이 채운 탓이었다. 은수는 내심 기뻤다. 엄마가 따라오면 이런저런 잔소리를 해 댈 거고, 그건 고스란히 은수에게 심적 부담이 될 거였다.

"대신, 결선에는 무슨 일이 있어도 꼭 같이 갈게."

엄마는 결선 진출이 당연한 것처럼 설레발을 쳤다. 예선 통과가 엄마 생각처럼 호락호락할까. 이번 콩쿠르는 지방의 작은 행사가 아니다. 중앙 일간지가 후원하는 큰 규모의 콩쿠르다. 음악 재원으로 발탁되면 신문사로부터 지원을 받을 수 있어서 전국의 내로라하는 음악 수재들이 다 모일 것이다. 엄마는 뭘 믿고 저렇게 자신하는 걸까. 도무지 이해할 수 없었다. 아빠와 이혼할 때도, 일가친척 하나 없는 원주로 내려올 때도 그런 무모함이 작용했을 것이다. 엄마를 닮지 않았다고 해도, 엄마 딸이다. 은수는 지금 엄마의 무모함이 자신에게 작용하기를 바랐다. 은수는 눈을 감고 중얼거렸다.

"그래, 괜찮아. 할 수 있어."

어느덧 신촌역에 도착했다. 전철표를 개찰구 기기에 넣고 나와 출구를 향해 걸어갈 때였다.

매캐한 냄새가 나더니 목이 따갑기 시작했다. 순식간에 눈물과 콧물이 걷잡을 수 없이 흘러내렸다. 여기저기서 사람들이 콜록거리며 입과 코를 막았다. 말로만 듣던 최루탄 냄새라는 걸 은수가 깨닫기까지 오랜 시간이 걸리지 않았다.

출구를 빠져나가려던 사람들이 우왕좌왕하더니 발걸음을 멈췄다. 이대로 밖으로 나가야 할지, 아니면 시위가 끝날 때까지 여기서 기다려야 할지 망설이는 눈치였다.

"이런, 제길. 또 데모야?"

무리 중에서 누군가 불만스럽게 투덜거렸다. 곧이어 늙수그레한 노인이 벌게진 눈을 손으로 비비며 툴툴거렸다.

"빨갱이들은 깡그리 잡아서 감옥에 넣어야 해!"

노인은 허공에 주먹을 흔들어 대며 울분을 토했다.

"빨갱이라뇨? 무슨 말을 그렇게 하십니까?"

청바지에 알 수 없는 외국어가 쓰인 티셔츠를 입은 젊은이가 퉁명스럽게 되물었다.

"빨갱이가 아니면 뭐냐? 저것들이 대학생이야? 학생이

면 잠자코 공부나 할 것이지, 데모는 왜 해? 고생해서 배때기 부르게 키워 놨더니 기껏 데모질이나 하고. 에잇!"

노인은 그 젊은이가 데모 학생이나 되는 것처럼 핏대를 세웠다.

"독재와 싸우는 겁니다. 모르면 가만히나 계세요."

"독재와 싸워? 뭐가 독재란 거야? 배때기가 허리에 가 붙을 정도로 굶어 봤어? 호강에 겨워 독재니 뭐니 떠드는 거라고."

"그럼 할아버지는 우리나라가 민주주의 국가라고 생각하십니까?"

"민주고 뭐고 간에 등 따숩고 배부르게 해 주면 그만이지 뭐가 문제여? 머리에 피도 안 마른 녀석이 가르치려 드네."

노인의 목소리가 흥분으로 점점 높아졌고 젊은이 역시 지지 않고 대들었다. 자칫하면 싸움으로 번질 기세였다. 그러거나 말거나 사람들은 손수건으로 입을 막고 걸음을 옮기기에 바빴다.

실랑이를 벌이던 두 사람도 연이어 터지는 재채기와 콧물 때문에 더는 말을 잇지 못하고 입을 막았다. 젊은이는 상대할 필요 없다는 듯 출구 쪽으로 몸을 돌려 걸었고, 노인은 흥분이 가라앉지 않은 채로 젊은이의 뒤를 따라 계단을 올라갔다. 망설이던 사람들도 하나둘 계단을 밟아 밖으로 빠져나갔다.

은수도 흘러내리는 콧물과 눈물을 연신 손바닥으로 닦아 내며 밖으로 나왔다. 이럴 줄 알았으면 손수건이라도 챙겨 올 걸, 후회되었다.

바깥에 나오자, 은수는 딴 세상에 들어선 듯 잠시 말을 잃었다. 낯선 광경에 두 눈이 휘둥그레졌다.

한바탕 격전이 지나간 것처럼 넓은 도로 위로 종잇조각들이 어지럽게 흩날리고 있었다. 바닥에는 하얀 가루가 섞인 물이 흥건했고 질식할 듯한 최루탄 냄새가 코를 찔렀다. 머리를 숙이고 빠르게 뛰어가는 사람이 있는가 하면 비틀거리며 도로 한가운데를 걷는 사람들도 눈에 띄었다. 출구를 나온 사람들은 못 볼 것을 봤다는 듯이 겉옷으로 얼굴을 감싸고 종종걸음을 쳤다.

은수는 어리둥절한 채로 한동안 멍하니 자리에 서 있었다. 주위는 정적에 잠겼고 모든 게 일시 정지된 것 같았다. 자신이 마치 무성 영화 속에 혼자 버려진 마네킹 같았다. 누군가 은수를 툭 건드리고 지나갔다.

"에에 취!"

멈췄던 재채기가 다시 터져 나오며 깜빡 나갔던 정신이

돌아왔다. 참을 수 없을 정도로 눈꺼풀이 쓰리고 아팠다. 억지로 눈을 뜨고 손목시계를 들여다보았다. 시간은 어느새 오후 열두 시를 넘기고 있었다.

콩쿠르는 두 시에 시작하지만, 참가자들은 열두 시에 도착해서 간단한 리허설을 하게 되어 있었다. 영아 이모는 어제 서울로 간다고 했으니 이미 도착해 있을 것이다. 서두르지 않으면 안 되었다. 은수는 부리나케 학교 정문을 향해 달리기 시작했다. 그러는 동안에도 재채기와 콧물은 은수를 괴롭혔다. 교정이 워낙 넓어서 지나가는 대학생을 붙들고 여러 번 물어서야 강당 앞에 다다를 수 있었다.

"은수야!"

강당 입구에서 서성이던 영아 이모가 은수를 먼저 알아보고 손을 흔들었다.

"아유! 큰일 났어, 얘."

영아 이모는 손수건으로 얼굴을 가리고 훌쩍였다. 이모는 빨개진 눈을 거의 감다시피 하고 말했다.

"늦어서 죄송해요."

은수는 숨을 헐떡이며 허리를 굽혔다.

"아니, 그게 아니라…… 에에 취! 콩쿠르가 취소됐어. 에에 취!"

영아 이모는 아직도 최루탄 가스 때문에 재채기를 해 댔다. 그 바람에 은수는 영아 이모의 말을 제대로 알아듣지 못하고 어리둥절한 표정을 지었다. 영아 이모는 은수의 손목을 잡고 강당 출입문 앞으로 끌고 갔다.

1986년 6월 6일 오후 2시에 열리기로 한
<대한민국 청소년 음악 콩쿠르>는 시위로 인해
무기한 연기되었음을 알립니다. 추후 별도로 안내할 때까지
참가자들은 집으로 돌아가 기다려 주기 바라며,
아울러 심심한 사과를 드립니다.

- △△일보 후원 <대한민국 청소년 음악 콩쿠르> 추진 위원 일동 -

다리에 힘이 쭉 빠져 은수는 영아 이모를 바라보았다.

"그럼 어떡해요?"

"어쩔 수 없지, 뭐. 먼저 온 참가자들은 다들 돌아갔어."

그러는 사이에도 뒤늦게 도착한 참가자들이 실망한 얼굴로 발길을 돌리는 모습이 보였다.

"어떡할래? 은수야, 나는 볼일이 남아서 명동에 들렀다 가야 하는데."

영아 이모가 난처한 표정을 지었다. 약혼자와 만나기로

한 눈치였다. 결혼을 앞둔 이모가 주말마다 서울 나들이를 한다는 걸 은수도 알고 있었다.

"괜찮아요, 기차표 바꾸면 돼요. 걱정하지 마세요."

은수가 이모의 등을 밀었다. 혼자 괜찮겠냐며 여러 번 이모가 물었지만, 은수는 자신 있게 손사래를 쳐서 이모를 돌려세웠다.

"그럼 이건 내가 가지고 갈게. 짐 되잖아."

이모는 미안해하며 은수가 가지고 있던 연주복을 빼앗아 들었다. 이모가 가고 나자, 은수는 아쉬움보다는 안도감이 밀려왔다. 애초에 이번 콩쿠르는 은수의 실력이나 의지와는 상관없는 엄마의 욕심일 뿐이었다.

"아니야, 이왕 맞을 매라면 빨리 맞는 게 나아."

은수는 혼잣말을 했다. 다음 콩쿠르까지 또다시 연습에 연습을 거듭하고, 엄마의 잔소리 세례를 받아야 한다고 생각하니 아찔했다. 차라리 이번에 떨어져야 엄마도 가망이 없다는 걸 인정하고 은수에 대한 기대를 접을 텐데 싶었다.

"너도 콩쿠르 참가하러 왔구나?"

은수가 갈피를 잡지 못하고 망연히 서 있을 때, 또랑또랑한 목소리가 들렸다. 언제 왔는지 은수 가까이에 한 여자아이가 서 있었다. 또래로 보였지만, 은수보다 한 뼘 정도 키가 컸다. 녹색 넥타이를 매고 흰색과 녹색이 어우러진 체크무늬 교복을 입은 모습이 눈에 쏙 들어왔다. 교복 자율화[2] 정책으로 은현여중은 교복을 입지 않는데, 저 학교는 교복을 입는 모양이었다. 단정하고 세련된 교복이 예뻐 보였다. 묵직하고 커다란 악기 가방을 등에 짊어지고 있어서 한눈에 첼로 하는 아이라는 걸 알 수 있었다.

"아휴, 이게 서울의 냄새라니!"

그 애가 미간을 찌푸리며 코를 훌쩍였다. 콧등과 눈가가 빨갰다. 아이는 연주복이 들어 있을 법한 커다란 가방을 바닥에 툭 내려놓으며 은수 옆에 쪼그리고 앉았다. 잘 손질된 까만 구두가 햇살을 받아 반짝반짝 빛을 내며 은수의 눈 속으로 들어왔다.

"바이올린 하는구나?"

"어? 어."

은수는 침을 꼴깍 삼켰다. 뭐라고 대꾸하고 싶었지만 언

---

2) 1983년 당시 문교부(현 교육부)가 중·고등학생들이 교복 대신 자유롭고 간편한 복장을 할 수 있도록 한 제도를 말한다. 자율화 이전에는 전국의 모든 중·고등학교가 동일한 디자인의 교복을 입었으나, 학생 개개인의 개성과 자율성을 무시한다는 지적과 일제의 잔재 청산을 위한다는 목적으로 교복 자율화를 시행하였다.

뜻 할 말이 떠오르지 않았다.

"나는 도연우라고 해. 대전에서 왔어."

"아……."

은수는 고개를 끄덕였다.

"우리가 경쟁자는 아니네."

"어?"

"너는 바이올린, 나는 첼로. 어울리는 조합이잖아. 앙상블."

"아!"

'앙상블'이라는 단어가 은수의 마음에 스며들었다. 부담스러운 독주보다 듀엣이나 콰르텟을 하면 좋겠다고 생각할 때가 많았기 때문이다. 처음 보는 사람에게 친한 척 말을 거는 태도와 경쟁자라는 말을 거리낌 없이 내뱉는 걸 보면 연우는 꽤 당돌한 성격인 것 같았다.

"얘, 말 좀 해라. '어', '아'가 뭐니?"

난데없이 연우가 은수의 어깨를 툭 치며 장난스럽게 깔깔거렸다. 그 바람에 은수는 얼굴이 붉어졌다.

"나…… 나는 은수야, 김은수. 원주에서 왔어, 강원도."

연우가 원주라는 곳을 모를 것 같아 '강원도'를 조그맣게 덧붙였다.

"너, 중 2지? 나도 중 2야."

"어, 어떻게 알았어?"

은수는 연우의 눈썰미가 놀라웠다.

"뭐 척 하면 척이지. 네 얼굴에 딱 쓰여 있네."

"뭐?"

"크크크, 한 번 짚어봤는데 딱 맞았네."

연우가 장난스럽게 웃었다. 은수는 연우를 따라 피식 웃음을 흘리고 말았다.

그런데 얘도 혼자 왔을까. 대전이라면 가까운 거리가 아닌데, 무거운 첼로를 둘러메고 살벌한 콩쿠르장에 혼자 나타난 걸 보면 보통 배짱은 아닌 것 같았다.

"그런데 진짜 너도 혼자인가 봐?"

연우는 주변을 두리번거리며 확인하듯 물었다. '너도'라는 말에 은수는 불쑥 동질감 같은 게 생겼다. '나 같은 아이가 또 있네.' 하는 생각에 단단하게 가로질러 있던 마음의 빗장이 슬그머니 풀어졌다. 은수는 고개를 끄덕이고는 "엄마가 바쁘셔서."라고 입속으로 중얼거렸다.

"오, 대단한데. 난 사실 부모님이랑 같이 왔어. 그런데 이렇게 혼자 버려지고 말았지."

어떤 사정이 있었는지 호기심이 일어 은수는 연우를 빤

히 쳐다보았다. 이목구비가 오목조목한 야무진 인상이었다.

"우리 오빠가 전투경찰이거든. 시위대 막다가 다쳤대. 지금 국군 병원에 입원해 있대."

"뭐? 전경인데 다쳐?"

방패와 방독면으로 무장한 전투경찰이 다쳤다니, 은수는 깜짝 놀랐다. 다치는 쪽은 늘 데모하는 대학생들이라고 생각했기 때문이었다.

"화염병에 맞았대. 새벽에 연락받았어. 서울에 도착하자마자 엄마 아빠는 병원으로 달려갔어. 그래서 이렇게 혼자야."

연우는 자신의 오빠도 시위대와 마찬가지로 학생일 뿐이라며, 같은 대학생끼리 싸우는 건 '시대의 비극'이라고 했다. 문득 지하철역에서 불만을 터뜨리던 노인이 떠올랐다. 데모대는 모두 빨갱이고 배가 불러서 데모하는 거라는. 독재와 싸우는 거라며 노인과 맞서던 젊은이도 떠올랐다. 누구 말이 진실일까. 은수는 지금까지 한 번도 데모니 시위니 민주니 독재니 하는 것에 관심을 가져 본 적이 없었다. 어쩌다 텔레비전 뉴스에서 시위 장면을 볼 때도 먼 나라의 일처럼 생각되었다.

은수는 별이 환한 교정을 내려다보았다. 초록 이파리를

조롱조롱 달고 있는 교정의 가로수가 싱그러웠다. 한창 물이 오른 잔디밭이 푸르렀고, 각양각색의 이름 모를 꽃들이 눈길을 끌었다. 화염병과 최루탄을 던지며 한바탕 격전을 치른 바깥과는 다른 세상 같았다. 수업이 없는 토요일 오후인데도 적지 않은 학생들이 오가고 있었다. 잔디밭에 앉아 담소를 나누는 학생들도 있었고, 가슴에 한가득 책을 안고 바쁘게 오가는 학생도 더러 보였다. 교정은 더없이 평화로워 보였지만 어딘가 모르게 긴장과 불안이 감돌았다.

"무슨 생각해?"

연우가 은수를 팔꿈치로 툭 건드렸다.

"어? 어. 집에 가야 하는데……."

은수는 콩쿠르 끝나는 시간에 맞춰 저녁 기차표를 끊어 두었다. 그때까지 기다릴 생각을 하니 갑자기 막막해졌다.

"난 엄마 아빠 올 때까지 꼼짝없이 여기 있어야 해."

연우가 이맛살을 찡그리며 한숨을 폭 내쉬었다.

"나도 저녁 기차표라 기다려야 하는데."

은수의 말에 연우가 잘됐다며 환하게 웃었다. 그러고는 엉뚱한 말을 불쑥 내뱉었다.

"우리 심심한데 연주할래?"

"연주?"

"그래, 재밌잖아. 어차피 너도 준비한 곡 있을 거 아냐? 이왕 이렇게 된 거 우리 둘이 여기서 연주해 보자."

은수는 기가 막혀 입이 딱 벌어졌다. 난데없이 길에서 연주라니. 헛웃음만 나왔다. 연우는 은수의 대답을 기다리지도 않고 첼로 가방을 열었다. 그러고는 계단 아래에 접이식 받침대를 척 펼쳐 놓더니 첼로를 들고 계단 위에 앉았다. 은수에게는 어서 준비하라는 듯 눈짓을 했다.

"야, 너 미쳤어?"

은수는 연우의 거침없는 태도에 놀라 뒷걸음을 쳤다. 연우는 아랑곳하지 않고 활을 들더니 곧장 첼로를 연주하기 시작했다. 느리고 묵직한 저음이 흘러나왔다. 능숙한 비브라토 덕에 소리는 더욱 풍성하고 부드러웠다. 『아다지오 G단조Adagio for strings and organ in G Minor』였다. 은수도 아는 곡이지만, 직접 연주해 본 적은 없는 곡이었다. 이번 콩쿠르 첼로 부문의 지정곡은 아닌 것 같았다. 중학생을 대상으로 하는 콩쿠르에는 다소 어울리지 않는, 깊은 감성이 필요한 곡이기 때문이다. 『아다지오 G단조』는 테크닉보다는 분위기를 얼마나 잘 살리느냐가 중요하다. 곡의 깊이를 이해하고 해석할 줄 알아야 제대로 연주할 수 있는 곡이다. 그런데도 연우는 거침없이 연주했다. 아마 평소에도 즐겨 연주하는,

좋아하는 곡일 것이다. 밝고 쾌활해 보였던 아이가 이런 묵직한 분위기의 음악을 좋아하다니 의외였다. 애잔한 감성이 묻어나는 선율이 고요한 교정에 조용히 퍼져 나갔다. 은수는 어느새 자신도 모르게 연주에 깊이 빠져들고 있었다.

연우는 곧이어 또 다른 곡을 연주했다. 이번에는 처음 듣는 곡이었다. 단순한 멜로디인 것 같은데 어딘가 장중하고 장엄했다. 묵직한 첼로의 음색 때문일까. 이따금 강당 앞을 지나던 대학생들이 흘끔 돌아보며 미소를 지었다. 연주를 마친 연우가 한동안 잠자코 있다가 이내 은수를 채근했다.

"어때? 괜찮지? 너도 해 봐."

은수는 수줍게 고개를 저었다. 엄마가 여기 있었다면 틀림없이 은수의 등을 떠밀었을 것이다. 그랬다면 울며 겨자 먹기로 바이올린을 들었을지도 모른다.

"에이, 같이하면 더 재밌을 텐데."

연우는 아쉬운 듯 입꼬리를 씰룩이다가 재미없다는 듯 턱을 괴고 먼 곳을 바라봤다.

"그럼 우리 뭐 하지?"

"교정 구경하는 건 어때?"

"음, 그러고 싶지만 안 돼. 꼼짝없이 여기 있어야 해. 그사이 엄마 아빠가 올지 모르잖아."

연우를 두고 혼자서 교정을 돌아보는 건 은수도 내키지 않았다.

"아이, 참, 너 진짜 재미없다. 연주하는 것도 부끄러워하고, 말을 잘하는 것도 아니고."

미간을 살짝 찌푸리며 연우가 장난스럽게 웃었다.

은수는 그만 배시시 웃음이 나왔다. 평소 같으면 그런 말에 마음이 상했을 터인데, 지금은 전혀 그렇지 않았다. 은수는 왠지 털털한 성격의 연우가 싫지 않았다. 아직은 잘 모르겠지만, 다시 만나면 연우와 친해질지도 모른다는 생각이 들었다. 친해지면 가슴속에 담아 두었던 속엣말도 털어놓게 될까. 그런 예감이 문득 스치듯 찾아왔다.

4 연우의 첼로

연우네 집은 금방이라도 금이 갈 듯 살얼음판 같은 분위기로 바뀌었다. 아빠는 한마디 말도 없이 입을 굳게 다문 채 앉아 있었고, 엄마는 아빠의 눈치를 살피며 여기저기 전화를 돌리느라 정신이 없었다.

"아유, 너도 모르면 어떡하니? 무슨 소식 들리면 꼭 좀 연락해 줘."

수화기를 내려놓은 엄마는 한숨을 깊게 쉬었다. 매끈한 복숭아 피부를 가진 엄마의 얼굴에는 거뭇거뭇 기미가 생겼고, 눈가는 푹 꺼져 며칠 사이 십 년은 늙은 것 같았다.

"무슨 일이에요? 오빠에게 무슨 일이 생겼어요?"

몇 번이나 엄마에게 물었지만, 몰라도 된다는 답만 돌아왔다. 부모님의 표정으로 보아, 병원에 입원했다던 오빠와는 면회조차 못 한 것 같았다. 연우는 답답해서 속이 터질 것 같았다. 오빠 연성에게 뭔가 좋지 않은 일이 생긴 게 분명한데 부모님은 서로 약속이나 한 듯 연우에게만 사정을 이야기하지 않았다.

연우의 집안 분위기는 언제나 밝고 따스했다. 대전에서 제법 유명한 소아과 병원을 운영하는 아빠 덕분에 경제적으로 풍족했고, 엄마는 약사로 일하면서도 살뜰하게 가족을 챙겼다. 연우와 일곱 살 나이 차가 나는 연성은 밝고 쾌활한 청년이었다. 공부를 잘해서 연세대학교 국문학과에 단번에 척 붙은 재원이었다. 부모님은 아빠의 뒤를 이어 의대에 가기를 바랐으나 문학을 좋아하는 연성의 뜻을 존중했다. 연성의 꿈은 시인이었다. 연우는 그런 오빠를 좋아하고 따랐다. 연성이 장난스럽게 연우를 놀리곤 했지만, 그게 다 오빠의 애정 표현이라는 걸 연우는 잘 알고 있었다. 연우는 무엇 하나 부러울 게 없는 그야말로 스위트홈의 귀염둥이 고명딸이었다. 그런데 콩쿠르 날 서울에 다녀온 이후로 모든 게 바뀌고 말았다.

연우는 부모님의 행동으로 미루어 몇 가지 사실을 유추

했다. 전투경찰인 연성이 화염병에 맞아 다친 게 아니란 것, 부모님은 뭔가 충격적인 사실을 알고 있다는 것, 연성의 행방이 묘연하다는 것 정도였다.

"연우야, 엄마 잠깐 나갔다가 올게."

약국 문까지 닫고 여기저기 전화를 돌리며 오빠의 소식을 묻던 엄마가 급하게 외출했다. 전화로는 아무런 소식을 듣지 못하자 누군가를 직접 만나려는 것 같았다. 엄마가 나가자 갑자기 집 안이 적막에 휩싸였다. 답답한 마음을 안고 연우는 조심스레 오빠의 방문을 열었다. 연성의 방에서 뭔가 실낱같은 단서라도 찾고 싶었다.

늘 그렇듯이 연성의 방은 깔끔하게 정돈되어 있었다. 물건을 아무 데나 대충 놓고 보는 연우와 달리, 연성은 작은 물건 하나도 제자리를 찾아 잘 정리해 두는 사람이었다. 연우는 가끔 연성의 방을 일부러 어질러 놓기도 했다. 연성이 놀리려고 장난삼아 연우가 좋아하는 간식을 빼앗아 먹었을 때 연우는 오빠에게 복수하는 심정으로 그랬다. 그러면 연성은 재밌다는 듯이 깔깔거리며 연우의 옆구리를 간지럽히다가 몸부림치는 연우를 꼭 안아 주었다.

연우는 갑자기 오빠가 그리워져서 눈시울이 시큰거렸다. 연우는 연성의 방을 눈으로 훑었다. 책꽂이의 책은 가지

런했고 하늘색 침대 시트는 반듯하게 각이 잡혀 있었다. 연성이 대학생이 되어 서울로 올라간 뒤에 빽빽했던 책꽂이가 조금 헐렁해졌을 뿐, 다른 물건은 대부분 정리된 채 그대로였다. 가사 도우미 아줌마 덕분이기도 했지만, 아들을 그리워하는 엄마의 손길이 자주 닿았기 때문일 것이다.

연우는 연성의 책상 의자에 앉아 방 안을 휘둘러보다가 서랍을 열었다. 다행히 잠겨 있지 않았다. 서랍 안에는 연성이 고등학생 시절에 썼던 볼펜과 연필, 공책 등이 가지런히 정돈되어 있었다. 연우는 손에 닿는 대로 공책 한 권을 집어 들어 휘리릭 넘겨 보았다. 반듯반듯한 글씨체로 정리된 국사 공책이었다. 고조선부터 현대까지 시대와 사건, 인물에 따라 정리되어 있었다. 연우는 연성의 꼼꼼함에 혀를 내둘렀다. 공책을 덮으려는 순간, 무심코 넘긴 페이지의 한 부분이 눈에 들어왔다. 빨간 볼펜으로 별표를 여러 개 그려 놓은 곳이었다.

"독립운동사?"

연성이 이렇게 여러 번 표시해 놓은 걸 보면 뭔가 중요한 내용인 게 틀림없었다. 시험에 자주 나오는 부분일까. 하지만 내용은 별로 특별한 게 없었다. 안중근, 안창호, 윤봉길, 김구 등등 연우도 알고 있는 독립운동가의 활약상을 간략하게 정리해 놓은 것이었다. 뭔가 다른 이유가 있을지 모른다는 예감이 스쳤지만, 연우는 고개를 갸웃하고는 공책을 제자리에 두고 서랍을 닫았다. 그 아래 서랍에는 뚜껑이 있는 크고 작은 상자가 여럿 있었다. 연우는 그중 파란색 작은 상자를 열었다. 잡동사니가 눈에 들어왔다.

연우는 가볍게 한숨을 내뱉었다. 국민학생 시절부터 가지고 놀던 구슬과 딱지, 장난감뿐만 아니라 심지어 옷핀과 단추도 있었다. 참 별 자질구레한 걸 다 모아 놓는구나 싶었다. 이런 남자와 결혼하는 여자는 피곤하겠다는 생각도 했다. 사진도 여러 장 있었다. 연우는 사진을 하나하나 보다가 자기도 모르게 빙그레 미소를 지었다. 연우가 연성의 무릎에 앉아 그네를 타고 있는 사진이었다. 사진에는 1981년이라고 쓰여 있었다. 그날의 일이 또렷이 기억났다.

국민학교 3학년 때였다. 연우네는 여름휴가로 강원도 어느 캠핑장에 갔었다. 캠핑장 뒤로 수백 년이나 됐을 법한 아름드리 느티나무가 한 그루 있었다. 어찌나 잎이 무성한지 나무 그늘에 서면 땅거미가 진 것처럼 어두웠다. 나뭇가지에 누군가 굵은 밧줄로 매어 놓은 그네는 보기만 해도 우람했다. 연성은 힘차게 발을 굴러 신나게 그네를 탔다. 연우는 자기도 오빠처럼 해 보겠다고 떼를 부렸다. 부모님이 위험하다며 말렸지만, 연우는 연성에게 지는 게 싫어 기어코 그네를 타겠다며 고집을 피웠다. 연성이 연우를 그네에 올려 주었고, 막상 그네에 올라가서 겁을 먹은 연우는 발을 헛딛어서 아래로 곤두박질치고 말았다. 다행히 무릎만 살짝 까졌다. 연우는 괜히 부끄럽고 심통이 나서 자신은 안 탄다고 했는데 오빠가 억지로 태웠다며 애꿎은 연성 탓을 했다. 연성은 골을 내기는커녕 우는 연우를 번쩍 들어 그네에 털썩 앉히고는 연우의 뒤로 올라탔다. 그러고는 연우의 팔을 자신의 다리에 억지로 휘감았다.

"으악! 내려 줘."

연우는 기함하며 소리를 질렀다.

"연우야, 오빠는 무쇠 다리 무쇠 팔 마징가 제트야. 오빠 믿지?"

연우는 마징가 제트라는 말에 왠지 안심이 돼서 연성의 다리를 꼭 붙잡았다. 연성은 조심스럽게 발을 굴렀다. 그네는 느리게 움직이다 점점 더 높이 떠올랐다. 연우는 무서워서 눈을 질끈 감았다.

"연우야, 아래를 보지 말고 저기 하늘을 봐. 하늘 참 예쁘지?"

그제야 연우는 감았던 눈을 떴다. 눈앞에 파란 하늘이 시원하게 펼쳐졌다. 그 아래 오밀조밀 자리 잡은 크고 작은 능선들도 신기했다. 어느덧 연우는 울음을 그치고 그네의 짜릿한 움직임에 몸을 맡겼다. 살갗을 스치던 시원한 바람과 연성이 발을 구를 때마다 전해지던 그 믿음직함을 연우는 오랫동안 잊지 못했다. 그날의 기억을 떠올리자, 연우는 울컥 눈시울이 더워졌다.

맨 아래 서랍에는 작은 책들이 들어 있었다. 시인을 꿈꾸는 학생답게 문고판으로 나온 몇 권의 시집이 있었고, 그 옆에 두툼하게 제본된 책 한 권이 나란히 놓여 있었다. 책의 표지에는 『정치 경제학 비판 요강』[3], 저자는 '카를 마르크스'라고 쓰여 있었다. 문학도인 연성이 정치나 경제에 관심이 있다니 의외였다. 연우는 두툼한 책을 다시 밀어 넣고 시집을 꺼냈다. 가장자리가 닳아 있는 책 한 권이 눈에 들어왔다. 『오적五賊』이라는 시집이었고, 지은이는 '金地下'였다. 연우의 한자 실력으로 읽을 수 있는 글자는 다섯을 뜻하

---

3) 『정치 경제학 비판 요강』은 『자본론』의 초고에 해당하는 책이다. 카를 마르크스가 1857~1858년 무렵 자본주의 경제를 분석하기 위해 작성한 작업노트로, 생전에는 출간되지 않았으나 1953년 동독에서 처음 정식 출간되었다. 1980년대 한국 대학생들은 이 책을 해설서나 발췌본 형태로 접했으며, 동아리나 독서 모임에서 핵심 개념을 함께 읽고 토론하는 방식으로 공부했다.

는 '오五', 성을 나타내는 '김金', 그리고 '아래 하下'뿐이었다. 얼마나 좋은 시이길래 귀퉁이가 이렇게 닳을 정도로 읽었을까. 연우는 시집에 살며시 코끝을 대 보았다. 빛바랜 책 냄새에 오빠의 흔적이 묻어 있는 것만 같았다.

"오빠, 보고 싶어."

연성을 못 본 지 서너 달은 된 것 같았다. 대학에 입학하고 나서도 연성은 매달 집으로 내려오곤 했다. 엄마 아빠의 성화도 있었지만, 연성도 집이 그리웠을 거였다. 그런데 전투경찰이 된 뒤로는 자주 오지 않았다. 아무래도 나라 지키는 일이 쉽지는 않을 거라며, 가족들은 당연하게 생각했다. 부모님은 요즘 같은 험한 시대에 아들이 현역으로 군대에 입대하는 걸 걱정하면서도, 연성의 전투경찰 지원 사실을 달가워하진 않았다. 하지만 귀한 아들이 시위대에 휘말리는 것보단 낫다며, 그나마 다행이라 여겼다.

'오빠, 대체 무슨 일이 있는 거야?'

연우는 사진 속의 연성을 손바닥으로 쓸었다. 열여섯 살의 앳된 소년은 천진난만하게 웃고 있었다.

연우는 연성의 방을 나와 첼로를 집어 들었다. 울적한 마음을 달래기에는 연주만 한 게 없었다. 악보집을 뒤적거리다가 어느 한 페이지에 눈길이 머물렀다.

작년이었던가. 방학 때 잠깐 집에 내려왔던 연성이 정원 벤치에 앉아 기타를 치며 노래를 부르던 모습이 떠올랐다. 연성은 음악을 즐겨 들었고 악기 연주에 재능도 있었다. 특히 기타 연주는 수준급이었다.

긴 밤 지새우고, 풀잎마다 맺힌 진주보다 더 고운…….

연성은 평소 이문세나 송골매 밴드를 좋아했다. 그 가수들의 노래는 달콤하고 아련했다. 한편으로는 조금 슬픈 사랑 이야기를 담고 있었다. 그런데 이 노래는 다르게 느껴졌다.

"오빠, 지금 부르는 노래 뭐야?"

음악에 관해서라면 누구보다 감수성이 예민한 연우가 관심을 기울이고 물었다.

"아, 이거? 『아침이슬』이라는 노래야. 가사가 참 좋아."

연성은 기타를 튕기며 노래를 불렀다.

"글쎄, 뭐 그다지. '태양은 묘지 위에 붉게 떠오르고'? 하필 왜 묘지야? 무섭게. 또 '나 이제 가노라. 저 거친 광야로'라니, 제목이랑 가사가 어울리지 않잖아."

연우가 시큰둥하게 대꾸했다.

"허허, 요 녀석 좀 보게. 제법이네."

연성이 웃으며 연우의 이마에 손가락으로 딱밤을 날렸다. 그러고는 다시 기타를 치며 노래를 불렀다. 연성이 서울로 올라간 뒤, 연우는 연성의 방에서 악보를 찾아와 첼로로 연주해 보았다. 클래식 음악에 비해 아주 간단한 멜로디인데도 연주하는 동안 힘이 느껴졌다. 지난번 연세대학교 강당 앞에서 『G단조 아다지오』와 더불어 『아침이슬』을 연주했던 건 어쩌면 연우의 무의식이 연성을 불러내고 싶었던 건지도 모르겠다.

연우는 첼로를 들어 『아침이슬』을 연주하기 시작했다. 어느덧 연우의 눈에도 이슬이 맺히기 시작했다.

5 휴학생 선생님

콩쿠르는 결국 취소되었다. 무슨 일인지 후원을 약속했던 신문사가 돌연 지원을 중단하기로 했다는 거였다. 엄마는 화가 나서 펄펄 뛰었지만, 은수는 오히려 막혀 있던 속이 시원하게 뚫리는 기분이었다. 다만 연우와 다시 만날 기회가 사라졌다는 건 무척 아쉬웠다.

연우와 은수는 콩쿠르가 취소된 그날 이후 서로 연락하는 사이가 되었다. 전화 통화도 하고 편지도 하자며 연락처를 주고받았는데, 먼저 편지를 보내온 사람은 역시 적극적인 연우였다. 동글동글하고 시원시원한 글씨체로 쓰인 편지는 대부분 오빠 이야기로 채워져 있었다. 모범생에다 인물까지 좋아 부모님의 자랑인 오빠가 지난번 국군 병원에 입원한 일로 집안 분위기가 가라앉아 있다고 했다. 연우는 속상해하면서도 은수가 자신의 오빠를 만나면 단박에 좋아할 거라며 너스레를 떨었다. 형제자매가 없는 은수는 오빠를 향한 애정이 곳곳에 묻어 있는 연우의 편지를 읽으며 마냥 부러운 마음이었다.

"다음에 만나면 그때는 함께 연주하자. 나 너랑 꼭 버스킹하고 싶어."

길거리에서 지나가는 사람들에게 연주해 주는 걸 '버스킹'이라고, 유럽에서는 음악하는 청소년들도 거리에서 자유롭게 버스킹을 한다고, 대학생이 되면 유럽의 낭만적인 골목에서 맘껏 연주하며 돈도 벌고 싶다고 연우는 말했다.

은수는 연우가 말하는 '버스킹'이라는 게 조금은 부끄러울 것 같았다. 하지만 꿈꾸듯 이야기하는 연우의 말을 듣다 보니 은수의 머릿속에 조금씩 장면이 그려졌다. 바람이 살랑이는 골목, 연우의 첼로와 은수의 바이올린, 발길을 멈춘 사람들. 언젠가 그럴 날이 올까. 연우와 함께라면 가능하지 않을까. 자신이 조금 틀리더라도 연우가 센스 있게 맞춰 줄 것 같았다. 아니지, 애초에 틀리지 않도록 연습해야 해. 그렇게 생각하자 마음가짐이 달라졌다. 연우의 꿈이 은수에게 살며시 번져 왔다. 지금껏 엄마에게 떠밀려 하던 연습이 왠지 모르게 설레는 시간처럼 느껴졌다.

"어머, 우리 은수. 이제 연주에 물이 올랐네!"

은수가 연습에 몰두하자, 엄마는 하루라도 빨리 능력 있는 선생을 만나야 한다며 열을 올렸다.

여름방학이 되고 얼마 지나지 않아서였다. 은수는 엄마의 호출을 받고 이마에 맺히는 땀을 손등으로 훔치며 교습소로 달려왔다.

"애는, 좀 빨리 오지 않고서!"

문에 들어서자마자 엄마가 살짝 눈을 흘기며 말했다. 그러고는 은수의 손을 잡아끌고 레슨실로 들어갔다. 젊은 남자가 앉은 자리에서 벌떡 일어나 엄마에게 허리를 굽혔다. 보기 좋게 굽슬굽슬한 머리에서 예술가다운 분위기가 느껴졌다. 며칠 전부터 입이 닳도록 엄마가 말한 장명준 선생님이었다. 서울대에서 바이올린을 전공하다가 휴학하고 잠시 원주에 내려온 학생인데, 몇 번이나 찾아가 간신히 섭외했다고 했다. 얼마나 힘들었는지, 자신의 정보력과 끈기를 무용담처럼 늘어놓았다.

명준은 키가 훤칠했다. 마른 몸 때문에 더 커 보이는 건지도 몰랐다. 하얀 면 반지와 티셔츠 위에 슬쩍 걸친 하늘색 카디건이 단정한 인상을 풍겼다. 하지만 어딘가 모르게 그늘진 낯빛이었다. 무심한 표정은 조금 지쳐 보이기도 했다.

"은수야, 인사해. 새로 오신 장명준 선생님이야."

은수는 쭈뼛거리며 고개를 숙였다.

"안녕하세요?"

괜히 얼굴이 달아오르며 목소리가 떨렸다. 명준은 무뚝뚝하게 고개만 살짝 숙였다. 엄마는 어색한 분위기를 눙치려는 듯, 과장된 발랄함으로 은수를 소개했다.

"선생님, 우리 은수는요. 재능은 있는데 연습하기를 싫어해요. 연습만 잘하면 두각을 나타낼 아이거든요. 잘 좀 지도해 주세요."

은수는 눈을 동그랗게 뜨고 엄마를 돌아봤다.

"엄마!"

작게 속삭이듯 말하며 옆구리를 쿡 찔렀지만, 엄마는 못 들은 척 말을 이었다.

"페이는 넉넉하게 드릴 테니, 계시는 동안만이라도 최선을 다해 주세요."

점입가경이었다. '페이'라니! 어쩌면 저런 말을 눈 하나 깜짝하지 않고 할 수 있나 싶어 은수는 부끄러웠다. 명준은 희미한 미소로 대답을 대신했다. 엄마가 나가자마자 은수는 엄마의 말을 바로잡았다. 무엇보다 '재능이 있다'라는 말은 꼭 정정하고 싶었다.

"선생님, 저 재능 하나도 없어요. 엄마가 괜히 저러는 거예요."

"그럼 왜 하지?"

명준이 퉁명스럽게 물었다.

"네?"

예상치 못한 반응에 은수는 말문이 막혔다.

다른 선생님 같았으면 "재능도 중요하지만, 노력만큼 중요한 건 없다.", "천재라도 열심히 하는 사람은 못 따라간다.", "네 안의 재능을 미처 발굴 못 한 걸 수도 있으니 함께 노력하자." 뭐 그런 뻔한 말로 격려하려 했을 거였다. 그런데 명준의 말에는 위로나 격려가 없었다. 돌려 말하지 않고, 단도직입적으로 정곡을 찔렀다. 그러게, 왜? 왜 바이올린을 놓지 못하고 붙들고 있을까. 엄마 핑계를 대는 건 비겁하게 여겨졌다. 은수가 대답을 못 하고 우물쭈물하자, 명준이 은수를 빤히 바라보았다. 속을 환하게 꿰뚫어 보는 듯한 차분하지만 깊은 눈빛이었다.

"그렇게 자신 없으면 일찌감치 접어. 나도 시간 낭비할 생각 없다."

명준은 들고 온 교본을 주섬주섬 가방에 집어넣었다. 은수는 갑작스러운 명준의 행동에 당황스러웠다. 왠지 이대로 명준을 놓치면 후회할 것 같았다. 은수는 재빨리 명준의 팔을 잡았다.

"서, 선생님. 저……, 열심히 할게요."

가방을 챙기던 명준의 손이 뚝 멈췄다. 순간, 은수는 못 볼 걸 본 사람처럼 눈길을 돌렸다. 명준의 오른손, 검지와 중지가 뭉툭했다. 손가락의 끝마디가 잘려 나가고 없었다. 명준이 슬그머니 주먹을 말아쥐었다. 무슨 사고가 났던 걸까. 동시에 은수는 엄마의 손목에 남은 흉터를 떠올렸다. 아니야, 어쩌면 태어날 때부터 장애일지도 몰라. 저런 손으로 활을 잡는 게 무리였을 텐데, 어떻게 바이올린으로 서울대에 갔을까. 은수의 머릿속은 이런저런 상상으로 복잡했다. 명준의 손은 귀하게 자란 사람처럼 하얗고 매끈했다. 가늘고 긴 손가락이 섬세하고 지적으로 보여서 마디가 없는 두 손가락이 더욱 도드라져 보였다.

은수는 할 말을 찾지 못하고 우물쭈물했다. 어색한 침묵이 흘렀다. 명준이 분위기를 바꾸려는 듯 두 손바닥을 마주 비비고는 깍지를 꼈다.

"방금 한 말, 진심이니? 정말 열심히 할 거야?"

명준이 싱긋 미소 지으며 애써 가벼운 투로 물었다. 무표정했던 얼굴이 한결 부드러워졌다. 부드러운 눈매가 둥글게 살아나며 선명하게 입꼬리가 올라갔다. 미소가 잘 어울리는 얼굴이었다.

"네, 약속할게요."

"약속, 약속이라……."

'약속'이란 단어를 말할 때 명준은 살짝 미간을 찌푸렸다.

"난 약속 따위는 믿지 않아."

명준이 다시 얼굴을 굳히며 차갑게 내뱉었다.

"네?"

은수의 당황한 기색에도 명준은 별 반응을 보이지 않고 허공으로 눈길을 돌렸다.

열심히 연습하겠다고 말한 게 무슨 잘못인가 싶어 은수는 기가 죽었다. 하지만 괜히 위축되는 게 싫었다. 어디선가 알 수 없는 오기가 올라와 야무지게 대꾸했다.

"저도 원래 약속은 잘 안 하거든요. 하지만…… 어쨌든 열심히 할게요."

명준이 오른손 두 손가락의 마디가 없이도 바이올린 전

공으로 음대생이 된 걸 생각하니, 은수는 자신의 연약한 마음이 부끄러워지면서 결기가 싹텄다. 연우의 영향 때문이기도 했다. 대학교 교정에서 거침없이 연주하던 연우, 섬세한 손짓을 통해 울리는 부드러운 멜로디. 솔직히 부러웠다. 그 자신감이, 그 당당함이. 대학생이 되면 버스킹을 함께 하자던 연우의 제안이, 요즘 들어 부쩍 은수의 머릿속을 떠나지 않았다.

"뭐…… 암튼 열심히 한다니 좋아. 한번 해 보자."

한동안 굳어 있던 명준의 표정이 서서히 풀렸다. 마치 감정을 조심스럽게 접어 넣듯 다시 담담한 얼굴이 되었다. 은수는 종잡을 수 없는 명준의 태도에 어리둥절했지만 명문대 음악도는 워낙 저렇게 예민하고 괴팍한가 보다, 생각하며 마음을 누그러뜨렸다.

"자, 네 수준은 어머니께 들었다만, 어디 한번 보자."

명준은 바이올린 교본을 보면대에 올려놓고 페이지를 펼쳤다. 스즈키 6권 헨델 「소나타 3번 G단조」였다. 평소 자주 연습하는 곡이 아닌 데다 포지션 이동이 많은 까다로운 곡이어서 은수는 주춤했다.

"네가 자신 있는 곡을 해도 좋아."

명준은 눈치가 빨랐다. 은수는 그 점이 좋았다. 말하지 않아도 마음을 알아채는 세심함이 마음에 들었다.

"「라 폴리아」 할래요."

은수는 교본의 첫 페이지를 펼쳤다. 「라 폴리아」는 기교가 많이 필요한 곡이지만, 슬프고 아름다운 선율 속에 거칠고 빠른 테마가 섞여 있다. 명준은 들을 준비가 되었다는 듯이 고개를 끄덕였다. 은수는 숨을 고른 다음 바이올린을 어깨에 올렸다.

"좋아, 잘하네. 그만하면 감성도 있고."

연주를 마친 은수를 명준이 칭찬했다. 잔뜩 주눅 들었던 어깨가 자연스레 펴졌다.

매주 토요일 오후, 명준과의 수업은 긴장의 연속이었다. 그래도 남주 선생과는 달리, 명준은 은수가 실수해도 신경질적으로 반응하지 않고 조용하게 넘어가 주었다.

"응, 괜찮아. 잘했어."

너그럽다기보다는 어쩐지 관심이 없는 것 같았지만, 무관심에 가까운 담담함이 오히려 은수를 편하게 만들었다.

이상한 점이 하나 있다면 수업 중에 명준이 단 한 번도 바이올린을 들지 않는다는 거였다. 이전 선생님들은 시범 연주를 해 보이거나, 지도 곡을 함께 연주해 주곤 했다. 그런데 명준은 그런 적이 없었다. 잘린 손가락 때문에 활을 쥐는 게 두려운 걸까. 어디까지나 은수 혼자만의 생각이지만 시간이 지날수록 점점 그 생각이 맞다는 확신이 들었다. 은수는 점점 명준에 대한 호기심이 커졌고, 그의 연주가 몹시 궁금해졌다. 연주를 들려 달라고 해 볼까. 그러나 입 밖으로 꺼내지는 못했다. 아직 그럴 만큼 가까운 사이는 아니었다.

명준의 수업은 건성에 가까웠다. 은수가 곡을 연주할 때도 명준의 눈은 자주 허공에 머물렀다. 자신의 연주를 제대로 듣고 있는지 의심스러울 때 은수는 일부러 떠보기도 했다.

“선생님, 여긴 어떻게 해요?”

“아! 거기. 마르카토로 힘차게 연주하면 훨씬 분위기가 살겠지? 활은 밑에서 반만 쓰고.”

그럴 때마다 명준은 정확하게 짚어 주었다. 신기한 건 그런 명준의 방식이 은수를 부추긴다는 사실이었다. 소심하고 위축되어 있던 은수 내면의 억눌린 기운이 스스로 장벽을 뚫고 발산되는 것 같다고나 할까. 몇 주 지나지 않아 은수는 꽉 찬 울림의 소리를 스스로 만들어 냈고, 놓쳤던 리듬감도 되살려 냈다. 명준이 의도한 교수법이 아닐까, 의심이 들 정도였다.

"은수야, 선생님 어때?"

하루는 명준이 교습소를 나가자마자, 엄마가 물었다. 내심 엄마도 명준의 연주를 기대했을 터였다. 엄마는 피아노를 치는 어린 꼬마들을 가르치면서도 귀는 온통 바이올린 방을 향해 열어 놓았을 것이다. 얼마나 잘하나 보자, 하는 심리가 작용했을 거였다. 그런데 한 번도 명준이 연주를 하지 않았으니 얼마나 궁금하고 답답했을까. 은수는 어쩐지 통쾌한 기분이 들었다.

"아주 좋아. 너무 잘 가르쳐 주셔."

은수는 엄마가 딴지를 못 걸도록 한껏 자신 있게 대답했다. 선생님과 수업한 뒤로 연주가 좋아진 건 사실이었으니까.

"그래, 밖에서 들어도 좋아진 것 같아. 선생님이 원주에 오래 있으면 좋겠다. 다음 학기에 복학한다며 가 버리면 어쩌지?"

"내년까지 원주에 있겠다던데?"

속으로만 생각하던 바람이 자기도 모르게 튀어나와서 은수는 당황했다.

"정말이야?"

엄마의 얼굴에 금세 웃음이 돌았다. 은수는 엄마가 더

캐묻기 전에 대충 거짓말로 둘러대고 황급히 교습소를 나왔다.

명준과 함께하는 시간이 길어질수록, 은수는 이상하게도 그가 이곳에 오래 있을 것처럼 느껴졌다. 명준도 엄마처럼 서울에 나쁜 기억을 두고 온 것 같다고, 그래서 서울로 쉽게 돌아가지 않을 거라고 혼자 생각했다. 명준에게는 뭔가가 있었다. 세상과 거리를 두는 듯한 경직된 얼굴, 그 뒤에 감춰진 비밀이 뭘까. 마치 원주라는 도피처에 조용히 몸을 숨긴 사람 같았다. 그게…… 잘린 손가락과 관계가 있는 걸까. 묘한 궁금증으로 은수는 심장이 뛰었다.

6 섬세한 손가락

동굴처럼 어둡고 음습한 곳이었다. 철커덕거리는 쇳소리, 날카로운 비명, 고통스러운 신음이 뒤죽박죽 뒤얽혀 귓전을 때렸다. 온 힘을 다해 몸부림을 쳤지만, 명준의 몸은 점점 깊은 수렁 속으로 빠져들고 있었다. 어느 순간 집채만 한 파도가 와락 몸을 덮쳤다. 시뻘건 핏물이었다.

"으악!"

명준은 소스라치게 놀라 눈을 떴다. 또 악몽이었다. 땀으로 축축하게 젖은 이불을 걷고 몸을 일으켰다. 두 평 남짓한 단칸방이 좁은 감옥처럼 답답했다. 작은 쪽창을 열자 한여름의 후텁지근한 공기가 뭉근하게 밀려들었다. 명준은 무심코 젖은 머리카락을 걷어 올리다가 흠칫 놀라 손을 내렸다. 뭉툭한 손가락은 여전히 남의 것처럼 이물스러웠다.

어느덧 희붐한 새벽이었다. 푸른 안개 속으로 치악산 봉우리가 조심스럽게 모습을 드러내고 있었다. 한동안 우람한 치악산을 바라보던 명준은 기도하듯 가만히 눈을 감았다. 나지막한 나무 울타리, 울타리 밑에 다문다문 피어 있는 꽃, 둥당둥당 울리는 가야금 소리, 잔잔한 어머니의 미소, 호탕한 아버지의 웃음소리. 희미하게 남아 있는 기억의 조각들이었다. 명준은 그것들을 애써 붙들었다. 불규칙하게 쿵쾅거리던 심장이 서서히 가라앉았다.

"음력 칠월 여드레, 네 어미 기일이다."

개울에서 놀다가 돌아온 여름 저녁이었던가. 원주를 떠나 서울에 온 첫날 밤이었던가. 아버지는 낮고 건조한 목소리로 말했다. 그뿐이었다. 아버지는 어린 명준에게 그 말을 흘리듯 내뱉고는 어둠 속으로 사라졌다. 그 어둠이 깊은 산속인지 평창동의 큰 방인지 명준의 기억은 명확하지 않았다. 또렷하게 기억나는 이미지는 발목까지 올라온 아버지의 군화와 번쩍거리는 무궁화 계급장이 달린 아버지의 널따란 어깨였다. 당시 명준은 아버지의 말뜻을 제대로 알아듣지 못했다. '기일'이라는 말이 생소했고 '칠월 여드레'도

어려웠다. 까맣게 잊고 살았던 '칠월 여드레'가 요즘 들어 기억을 헤집고 나와 자꾸 머릿속을 맴돌았다. 명준은 벽에 걸린 달력을 들여다보았다. 올해 음력 7월 8일은 양력으로는 8월 13일이다. 사흘 후면 어머니의 기일이다.

버스 안은 한낮의 열기로 푹푹 쪘다. 인근 저수지로 피서하러 가는지, 버스는 반바지에 슬리퍼 차림으로 낚시 가방을 멘 중년의 남자들로 만원이었다. 창문이 죄다 열려 있었지만 소용없었다. 오히려 바깥의 뜨거운 바람이 훅훅 들이쳐 더 숨이 막혔다. 찜통 버스에서 간신히 내려선 명준은 등가죽에 착 들러붙은 셔츠를 잡아 흔들며 땀을 식혔다. 대로를 따라 나지막한 집들이 고만고만하게 늘어서 있었고, 그 사이로 '치악슈퍼' 간판이 눈에 들어왔다. 어느 것 하나 낯익은 것이 없었다. 서너 살 무렵의 기억이 제대로 남아 있을 리 없지. 명준은 치악슈퍼로 들어가 소주 한 병과 북어포를 샀다.

"혹시, 오복임이라고, 아시나요? 가야금 타시는 분이셨는데."

"가야금요?"

연신 손부채를 화락화락 부쳐 대던 주인아줌마가 되물

었다.

“글쎄, 여기서 십 년 넘게 장사하고 있는데, 그런 이름은 못 들어 봤네요.”

명준은 힘없이 고개를 떨구었다.

“사람을 찾으러 오셨다면 통장님 댁으로 가 보세요.”

어깨를 늘어뜨린 명준이 안쓰러워 보였는지 슈퍼 주인이 통장 집 가는 길을 알려 주었다. 명준은 작게 고개를 숙여 인사하고는 치악슈퍼에서 나왔다. 밖은 여전히 뜨거웠다. 그런데도 찬바람을 맞은 것처럼 등골이 서늘해졌다. 명준은 어머니의 소식을 들으러 온 게 아니었다. 그저 막연하게 어머니가 그리웠다. 서울을 떠나 원주로 내려온 것도 치악산 골짜기에 뿌려졌다는 어머니 때문이었다. 하지만 그곳이 어디인지 명준은 알지 못했다. 그걸 기억하기에는 너무 어렸고, 알려고 했을 때는 아버지가 이미 세상을 떠난 뒤였다.

명준을 평창동 집으로 데리고 간 아버지는 2년 후 베트남전에 참전했고 그곳에서 전사했다. 아버지의 본처인 큰어머니는 어린 명준을 아들로 받아들였고, 의붓자식이라 해서 차별하지 않았다. 나이 차가 많이 나는 형들과 어쩌다 다툼이 있어도 큰어머니는 명준의 편에 서서 형들을 나무랐다. 그 덕분에 명준은 남부러운 것 없어 보이는 부잣집 아들로 자랄 수 있었다. 품이 넓은 큰어머니는 어려서부터 음악을 좋아했던 명준에게 바이올린을 배울 기회를 줬다. 명준은 그 안에서 마음껏 타고난 재능을 펼쳤다. 그날 그 일이 있기 전까지는.

명준은 계곡을 따라 치악산으로 오르는 오솔길로 접어들었다. 나무가 울창한 숲에 들어서도 찌는 듯한 더위는 그대로였다. 이따금 솔바람이 불어와 땀에 젖은 이마를 어루만져 주었지만, 삼복더위를 식히기에는 역부족이었다. 땀을 뻘뻘 흘리며 힘겹게 산길을 올랐다. 얼마쯤 올랐을까. 시야가 탁 트이더니 크고 작은 봉우리가 한눈에 들어왔다. 명준은 적당한 바위를 골라 북어포를 올려놓고 소주병을 따서 종이컵에 따라 부었다. 절을 올리고 잔을 들어 술을 흩뿌렸다. 울컥 목이 메었다.

'어머니!'

명준은 속으로 울부짖었다. 왜 이렇게 자신을 나약하게 낳았냐고, 왜 이렇게 맥없이 살게 했느냐고, 어머니를 원망하며 떼를 쓰고 싶었다. 명준은 남은 소주병을 들어 목구멍으로 벌컥벌컥 쏟아부었다.

명준의 어머니는 소리꾼이었다. 깊은 울림이 있는 어머

니의 목소리는 솜씨 좋은 가야금 소리와 아름답게 어우러졌다. 대청마루에 돗자리를 깔고 가야금을 무릎에 얹은 채 소리를 고르던 어머니의 모습이 한 폭의 그림처럼 떠올랐다. 바람이 불어와 하얀 살구꽃이 화르르 흩날렸고, 어린 명준이 아버지의 실팍한 무릎에 앉아 어머니를 바라보았다.

아버지가 안 계신 밤이면 어머니는 명준을 품에 안고 나직하게 자장가를 불러 주었다. 아슴아슴 잠 속으로 빠져들면서도 자장가 소리를 놓치지 않으려 애를 쓰던 기억은 아직도 또렷했다. 꿈이었을까, 마음이 만들어 낸 조각난 기억일까. 명준은 불쾌해진 눈을 감고, 결코 놓치고 싶지 않은 추억을 그리고 또 그렸다.

어머니가 어떻게 군인이었던 아버지를 만나 함께 지내게 되었는지 명준은 알지 못한다. 다만 아버지 역시 가야금을 즐겨 탔다는 이야기를 들은 적이 있다. 두 사람 사이에 잠시나마 음악이 놓였던 적이 있었을지도 모른다. 어머니는 아버지의 경직된 삶 속에서 잠시 숨 돌릴 틈이 되었던 걸까. 명준이 외로울 때마다 바이올린을 찾았던 것처럼 아버지도 어머니 곁에서 그런 위안을 얻었을까.

"당장 나가라. 너 같은 동생을 둔 적이 없다."

명준이 만신창이가 되어 집으로 돌아왔을 때, 고위 공무

원인 큰형님이 싸늘하게 말했다. 징그러운 벌레를 보듯 명준을 대했던 사람은 큰형님만이 아니었다. 꽤 큰 규모의 기업을 운영하는 작은 형님도 마찬가지였다. 비교적 다정했던 누나마저 매정하게 돌아섰다.

"집안 말아먹으려고 작정했냐?"

"네 놈이 빨갱이가 되다니, 그야말로 배은망덕이구나."

"돌아가신 아버지 얼굴에 먹칠을 해도 분수가 있어야지."

"아버지가 어떤 분이냐? 민주주의 수호를 위해 베트콩과 싸우다 돌아가신 영웅이시다."

형들과 누나는 명준에게 거친 말을 쏟아냈다. 명준은 그들의 비난을 고스란히 받아들였다. 빨갱이라는 말에 울컥 반발심이 일었지만, 입을 떼지 않았다. 그들의 세계엔 민주니, 정의니 하는 말이 들어설 자리가 없었다. 큰어머니는 펄펄 뛰는 자식들을 차분하게 나무랐다.

"몸도 성치 않은데 어딜 나가라는 말이냐. 몸이라도 추스른 다음에 해도 늦지 않다."

명준은 그날 밤, 바이올린만 달랑 들고 집을 나왔다. 길을 어디에 두어야 할지 막막했다. 가까운 친구 몇이 떠올랐지만, 차마 문을 두드릴 수 없었다. 자칫하면 그 친구들도 빨갱이 누명을 쓰고 봉변을 당할 수 있기 때문이었다.

그때 떠올린 곳이 치악산이었다. 어머니가 잠든 곳. 어머니가 견딜 수 없이 그리웠다. 명준은 망설이지 않고 중앙선 열차에 몸을 실었다. 원주에 도착해서는 여러 곳을 헤맨 끝에 겨우 언덕 변두리에 문간방을 얻었다. 창문을 열면 우람한 치악산이 한눈에 들어오는 곳이었다. 얼마 가지 않아 가지고 있던 푼돈이 금세 바닥이 났고, 어쩔 수 없이 명준은 바이올린 개인 레슨을 수소문했다. 서울대생이라는 이유만으로 금세 일자리를 구할 수 있었다. 그러나 명준은 바이올린은 연주할 수 없었다. 친구를 팔아 지켜 낸 왼쪽 손가락을 도저히 바이올린의 지판 위에 얹을 수가 없었다. 어쩌다 용기를 내어 활을 들어 보았지만, 손가락은 마음먹은 대로 움직여지지가 않았다. 가늘고 섬세한 손가락은 한없이 나약하고 혐오스러웠다.

"어머니, 엄마, 저 어떡해요. 제발, 저 좀 살려 주세요."

명준은 들고 간 소주 두 병을 다 들이켜고 나서 흐느적거리며 산에서 내려왔다.

7 오빠를 찾는 사람

딩동딩동 딩동.

가사 도우미 아줌마가 막 돌아가고 나서였다. 첼로 레슨을 받기 위해 음악 교본을 챙기던 연우는 눈살을 찌푸렸다. 도대체 누가 저렇게 예의 없이 남의 집 초인종을 마구 눌러대는 걸까. 연우는 기분이 상한 채 현관문을 열고 나서며 육중한 대문을 향해 약간 날카로운 목소리로 외쳤다.

"누구세요?"

"거, 문 좀 엽시다. 예?"

퉁명스럽고 신경질적인 말투였다. 불길한 느낌이었다.

"누구시냐니까요?"

"도연성 학생 집 맞죠? 빨리 문 좀 열어요."

이번에는 다짜고짜 주먹으로 대문을 쾅쾅 두드리기까지 했다. 낯선 남자 입에서 '도연성'이라는 이름이 튀어나오자, 연우의 심장이 세차게 방망이질을 해 댔다. 연우가 허둥거리며 달려가 대문의 잠금장치를 여는 순간, 점퍼를 입은 남자 둘이 대문을 확 밀치고 들어섰다.

"어른들은 안 계시니?"

짧은 스포츠머리를 한 남자가 집을 휘둘러 보면서 연우에게 물었다. 연우는 심장이 서늘해지는 걸 느끼며 고개를 끄덕였다. 두 남자는 연우의 대답 따위는 관심 없다는 듯 큰 보폭으로 정원을 가로질렀다. 가죽점퍼의 남자가 급하게 걷다가 소나무 가지에 얼굴이 찔렸다. 남자는 미간을 찡그리더니 신경질적으로 가지를 툭 부러뜨렸다. 아빠가 정성껏 가꾸는 정원수 중 하나였다. 그사이 스포츠머리는 현관문을 열고 집 안으로 성큼성큼 들어갔다. 구두를 신은 채였다.

"누구세요? 누군데 함부로 남의 집에 들어와요?"

연우는 화들짝 놀라, 두 팔을 벌려 문 앞을 가로막았다.

"비켜! 너 같은 어린애가 상관할 일이 아니야."

가죽점퍼가 연우를 쏘아보았다. 매서운 눈빛에 연우는

저절로 움찔하며 뒤로 물러났다. 남자들은 구둣발로 거실을 저벅저벅 걸어 다니더니, 이 방 저 방 방문을 열어젖혔다. 연성을 찾는 게 분명했다. 집에 연성이 없어서 얼마나 다행인가. 연우는 조용히 숨을 내쉬었다. 잠시 후, 남자들은 연성의 방으로 들어가더니, 주저함도 없이 함부로 물건을 뒤지기 시작했다.

"안 돼요! 도대체 누군데 이러시는 거예요?"

연우가 안절부절못하다가 다시 막아섰지만, 남자들은 막무가내였다. 한마디 대꾸도 없었다. 할 수 없이 연우는 엄마에게 전화를 걸었다. 신호가 울리자마자, 마치 기다리고 있었던 사람처럼 엄마가 전화를 받았다.

"빨리 집으로 와, 엄마. 이상한 사람들이 오빠 방을 막 뒤지고 있어."

"뭐?"

놀란 엄마의 음성이 툭 떨어졌다. 연우는 낯선 남자들이 연성의 방을 휘젓는 것을 속수무책으로 지켜볼 수밖에 없었다. 그들은 연성의 책꽂이에서 책을 죄다 꺼내 방바닥에 흩어 놓았다. 그러고는 손에 집히는 대로 이 책 저 책을 들어 흔들어 댔다. 마치 종이 사이에 무언가가 감춰져 있기라고 한 것처럼. 책 속에서 별다른 걸 발견하지 못하자, 이번에는 서랍을 빼서 바닥에 쏟았다. 지난번에 연우가 보았던 연성의 공책과 시집들, 장난감 상자들이 방바닥으로 흩어졌다. 연우는 와들와들 떨면서 터져 나오는 울음을 틀어막았다. 무섭고 두려웠다. 저들은 대체 누구일까. 도대체 연성이 무슨 잘못을 저질렀기에 이렇게 모욕을 당해야 하나. 심장이 벌렁거리며 다리가 풀렸다. 그들이 연성의 공책을 펼쳐서 하나하나 세세하게 살피는 사이, 엄마 아빠가 함께 허둥지둥 들어왔다.

"도대체 왜들 이러십니까?"

아빠가 그들을 향해 굳은 목소리로 물었다. 평소에는 부드럽고 다정한 음성에 노기가 서려 있었다.

"도강선 원장님? 서에서 나왔습니다."

가죽점퍼가 안주머니에서 경찰서 명함을 꺼내 아빠 앞으로 쓱 내밀었다. 아빠는 명함을 받지 않고 남자를 쏘아보았다.

"무슨 일인지 말로 하시죠."

아빠의 얼굴이 고통스럽게 일그러졌다.

"원장님 아들 도연성이 지금 수배 중입니다. 불순한 세력에 물들었더군요."

꼿꼿하게 버티고 있던 아빠가 순간 휘청했다.

"불순한 세력이라고요? 그럴 리가……."

"이거, 이러지 마십시다. 다 알고 계시잖아요. 그 일로 지난번 서울에 다녀오셨고. 지금 어디 있습니까, 도연성?"

이번에는 엄마가 이마를 짚으며 휘청했다. 연우는 쓰러지려는 엄마의 허리를 붙들었다.

"모릅니다. 우리 애는 절대 그런 짓을 할 아이가 아닙니다. 뭔가 잠깐, 나쁜 친구들과 어울렸는지 몰라도 절대, 절대로 그럴 아이가 아닙니다."

아빠가 이를 악물고 '절대로'에 힘을 주었다. 핏기가 가신 아빠의 얼굴에 진득한 땀이 배었다.

"우리도 그러기를 바랍니다. 의료 봉사도 오래 하셨고 기부도 자주 하시는 훌륭한 원장님의 아드님이니까요. 암요, 그래야지요."

가죽점퍼는 꺼낸 명함을 책상 위에 탁 올려놓았다.

"그래서 말인데요, 혹시라도 아드님과 연락이 닿으면 지체 말고 저희에게 연락하십시오."

그사이 스포츠머리는 연성의 공책 묶음과 시집, 추억이 담긴 상자들을 한 아름 안고 나왔다.

"이건 압수하겠습니다. 뭐, 딱히 불온서적 같은 건 없어 보이니까 너무 심려 마시고요."

두 남자는 형식적으로 고개를 까딱하고는 집을 빠져나갔다. 대문이 닫히는 소리가 들리고 아빠는 무너지듯 방바닥에 주저앉았다. 엄마도 하얗게 질려서 소파 등받이에 머리를 기댔다.

"당신이 치운 거요?"

한참 만에 아빠가 엄마에게 물었다. 엄마는 말없이 고개를 끄덕였다. 아빠가 조용히 두 눈을 감았다. 연우는 뭔가 짚이는 게 있었다. 그저께 밤, 2층 방에서 중간고사 공부를 하고 있을 때였다. 창문 틈으로 매캐한 냄새가 비집고 들어와서 창문을 열고 아래를 내려다보았다. 감나무가 있는 뒷마당, 정원용품을 모아 둔 창고 옆에서 연기가 모락모락 피어오르고 있었다. 가만히 보니 엄마가 쪼그리고 앉아 무언가를 태우고 있었다. 노란 반달이 제법 환하게 비추고 있어서 구부린 엄마의 등허리가 또렷하게 보였다.

"어…… 엄."

연우는 소리 내 엄마를 부르려다가 입을 다물었다. 정원에서 거둔 낙엽과 지푸라기를 태우는 거려니 하다가 퍼뜩 설명할 수 없는 불안감이 밀려왔다. 며칠 전 연성의 방에서 보았던 낡은 시집이 떠올랐다. 한자로 되어 있어서 제대로 읽을 수 없었던 그 시집. 자전을 뒤져서 모르는 한자를 찾아볼 걸 싶었다. 그러고 보니 연성의 서랍을 뒤지던 남자들의 손에 두툼한 제본 책 『정치 경제학 비판 요강』은 보이지 않았다.

연우는 엄마의 손을 꼭 잡았다. 손이 얼음장처럼 차갑고 축축했다.

"여보, 어떡해요? 우리 연성이."

엄마가 울먹이며 아빠를 바라보았다.

"어디엔가 잘 숨어 있기를 바라자고. 혼란스러운 정국이 끝나길 바랄 수밖에."

아빠가 천천히 몸을 일으켰다. 그리고 소파에 앉아 있는 엄마 곁으로 다가가 등을 다독였다. 엄마의 어깨가 파르르 떨렸다. 다독이는 아빠의 손도 가볍게 떨렸다. 아빠는 눈을 들어 연우를 보았다.

"연우, 너 앞으로 오빠의 일은 누구한테도 절대 말하면 안 된다. 누가 오빠 일을 묻거든 그냥 학교 잘 다니고 있다고만 해라."

연우는 겁먹은 얼굴로 고개를 끄덕였다.

8 달무리 디스코장

1986년 가을, 사람들은 온통 아시안 게임으로 들떠 있었다. 기뻐할 것도, 기대할 것도 없는 시절이었다. 정권은 대형 스포츠 행사로 사람들의 눈과 귀를 붙잡았다. 그사이 거리의 시위는 뉴스에서 사라졌고, 화면은 연일 메달 소식으로 뒤덮였다. 크리스마스나 명절처럼 거리는 들썩였고 사람들은 텔레비전 앞에 모여 아쉬움과 환희가 뒤섞인 탄성을 지르며, 열렬히 손뼉을 쳤다. 늘 조용하던 은수네 아래층에서도 이따금 환호성이 터져 나왔다.

그중에서 육상선수 임춘애는 단연 압권이었다. 열일곱 살 고등학생이 금메달을 무려 세 개나 차지하고 3관왕에 올랐다. 뼈만 앙상하게 남은 삐쩍 마른 몸으로 결승점을 통과하는 순간, 온 나라가 감동과 열광에 휩싸였다. 라면만 먹으며 훈련했다는 임춘애 선수의 고생스러운 훈련 과정이 연일 TV와 신문에 실렸고, 사람들은 임춘애를 '라면 소녀'라 부르며 감동의 눈물을 글썽였다. 학교에서도 선생님과 학생들이 틈만 나면 임춘애 선수를 화제에 올렸다.

"바이올린이 아시안 게임 종목이면 금메달은 우리 동생이 차지했을걸!"

한동안 잠잠하던 고유림이 말을 걸어왔다. 은수는 다시 시작된 고유림의 친절이 부담스럽고, 인조눈썹 박정아가 여전히 껄끄러웠다.

"바이올린 대회도 있을걸. 거기 가서 잘하면 메달이나 트로피를 주잖아. 그렇지?"

고유림 앞에서만 다정한 척하는 인조눈썹의 태도도 그대로였다. 고유림의 시선이 은수에게 꽂혔다. 행여나 콩쿠르 이야기가 나올까 봐, 은수는 고개를 저으며 말했다.

"에이, 저는 그 정도 실력 아니에요. 잘하는 애들이 얼마나 많은데요."

콩쿠르가 취소돼서 천만다행이었다. 만일 똑 떨어졌다는 소식을 들었다면 고유림은 어떤 표정을 지었을까. 왜 엄마나 고유림이나 자신의 연주에 기대를 하는 건지 참.

"무슨 소리야. 너보다 잘하는 애들이 있다고? 다 말해, 내가 팔을 확 꺾어 줄 테니까."

고유림은 두 손가락을 으드득 소리 나게 꺾었다. 패거리들이 왁자하게 웃음을 터뜨렸고, 인조눈썹 역시 비위를 맞추며 박수를 쳐 댔다. 은수는 피식 나오는 웃음을 깨물었다. 예전처럼 고유림이 싫지는 않았다. 이런 언니가 있으면 든든하지 않을까, 생각에 이르자 은수는 저도 모르게 고개를 저었다. 시도 때도 없이 불러내서는 먹고 싶지도 않은 간식을 사 주는 고유림. 진짜 동생이었다면 꽤 피곤했을 것이다.

"동생아, 언니가 부탁이 있어."

고유림이 떡볶이 하나를 포크로 찍어 은수에게 내밀며 말했다.

"이번 토요일이 우리 하니 클럽 정기 모임이거든. 군인극장, 알지? 바로 옆 세림빌딩 지하. 거기로 와. 달무리 디스코장을 빌려 놨어."

"네?"

"굿, 아이디어! 와, 진짜 좋다! 기대된다!"

패거리들이 다시 환호성을 질러 대며 팔짝팔짝 뛰었다. 은수는 넋이 나간 얼굴로 멍하니 고유림을 바라보았다. 디스코장에 가는 것도 겁나는데, 거기서 연주를 하라고? 은수는 제대로 걸렸구나 싶어 눈앞이 캄캄해졌다.

달무리 디스코장은 은수의 상상을 초월했다. 그야말로 딴 세상이었다. 어두컴컴한 좁은 계단을 내려가자, 시끄러운 음악이 쾅쾅거리며 귓전을 때렸다. 살짝 문을 열고 엿보니 빙글빙글 도는 현란한 조명 아래 또래로 보이는 남녀 아이들이 미친 듯이 몸을 흔들고 있었다. 은수는 깜짝 놀라 눈을 감았다. 문을 닫으려는 순간, 누군가 은수의 팔을 홱 낚아채 잡아끌었다. 고유림이었다. 빨간 립스틱을 바르고 눈 화장까지 한 얼굴이 마치 여대생처럼 보였다.

"오호, 잘 왔어. 동생."

고유림은 은수에게서 바이올린을 빼앗아 컴컴한 구석에 세워 두고는 무리 안으로 은수를 끌고 들어갔다. 은수는 들어가지 않겠다며 뻗댔지만, 고유림의 힘을 당할 수가 없었다. 무리 속에는 남학생도 섞여 있었다. 그들은 은수를 보자 양팔을 앞으로 뻗고 폴짝폴짝 뛰며 강시 흉내를 냈다. 그러고는 놀리듯 지들끼리 낄낄거렸다. 은수는 놀라고 부끄러워서 눈을 어디에 둬야 할지 몰랐다. 얼굴이 화끈거렸고 몸은 뻣뻣하게 굳었다. 은수를 놀림거리로 만들려는 고유림 패거리의 꼼수에 제대로 걸렸구나 싶어, 심장이 철렁 내려앉았다. 모여서 춤을 추던 패거리들이 겁에 질린 은수를 한가운데로 밀어 넣고 빙 둘러섰다. 귀를 쾅쾅 울리는 디스코 음악, 온몸을 흔들어 대는 광란의 춤. 처음 겪는 일에 은수는 그만 얼이 빠졌다.

"흔들어, 김은수! 스트레스 다 날려 버려!"

고유림은 디스코장 음악에 맞춰 몸을 흔들며 꼭 무대 위 여왕처럼 은수를 향해 소리쳤다. 아이들의 시선이 일제히 은수에게 꽂혔다. 꿔다 놓은 보릿자루처럼 혼자만 우두커니 서 있는 게 머쓱해서 얼굴이 뜨거워졌다. 은수는 마지못해 몸을 조금씩 흔들었다. 이판사판이다 싶었다. 보고 있자니 디스코라는 게 별것도 아니었다. 흥이 나는 대로 몸을 흔들면 되는 거였다. 이왕 이렇게 된 거 은수는 눈을 질끈 감고 용기를 내 보기로 했다. 시끄러운 음악 소리는 이제 은수의 심장까지 쾅쾅 두드려 대기 시작했다. 팔과 다리가 진동으로 달달 떨리며 제멋대로 움직였다.

"앗싸, 앗싸!"

고유림과 패거리들이 은수를 빙 둘러싸고 깔깔거렸다. 천장에 매달린 사이키 조명의 빛줄기가 은수의 얼굴을 훑고 지나갔다. 현란한 조명 빛에 물든 얼굴들이 이상하게 일

그려져 보였다. 비현실적으로 흔들리는 팔다리는 나사가 풀린 관절 인형 같았다.

어느덧 은수는 음악에 몸을 맡기고 있었다. 한 번 리듬을 타자, 긴장했던 마음이 슬슬 풀리기 시작하더니 몸이 저절로 움직였다. 차츰 짜릿한 쾌감이 올라왔다. 억눌렸던 무언가가 툭툭 터지며 희열이 느껴졌다.

"잘한다, 내 동생!"

고유림이 기특하다는 듯이 양팔을 번쩍 들며 외쳤다.

"유후!"

"야호!"

여기저기서 환호성이 터졌고, 짝퉁 나이키 운동화들이 제멋대로 스텝을 밟았다.

흥에 취한 통제 불능의 시간이 얼마쯤 지났을까. 갑자기 음악이 뚝 끊기더니 정신없이 빙빙 돌던 사이키 조명이 멈췄다. 정전인가 하는 생각과 동시에 형광 불빛으로 실내가 확 밝아졌다.

"아이, 씨. 뭐야?"

웅성거림과 함께 불만이 터져 나왔다.

삐이익!

귀를 찢을 듯한 호루라기 소리에 아이들의 웅성거림이

뚝 멎었다.

"동작 그만! 도망갈 생각 마."

단호한 명령조의 귀에 익은 목소리. 은수는 그만 헉, 입을 틀어막았다. 한 번 걸리면 지옥행이라는 은현여중의 저승사자, 학생 주임이 무대 위에 우뚝 서 있었다.

"은현여중은 이쪽, 명신은 저쪽, 명신서중은 뒤쪽이다. 어서 움직여, 어서!"

저승사자가 손가락을 들어 코너 여기저기를 가리켰다. 뜻밖에도 그곳에는 몽둥이를 든 각 학교의 학생 주임이 떡 버티고 있는 게 아닌가.

"와, 뭐냐 이거! 개 쪽 됐네."

"씨발, 누가 흘렸어?"

아이들은 투덜대면서도 각자 학교의 학생 주임 앞으로 걸어갔다. 곧이어 포승줄에 묶인 죄수들처럼 일렬횡대로 늘어섰다. 은수와 고유림 패거리도 고개를 떨구고 저승사자 앞으로 갔다. 심장이 둥둥거리고 다리에 힘이 풀려 쓰러질 것 같았다.

"이것들이 아주 간이 배 밖으로 나왔어요."

저승사자는 무대 위에서 훌쩍 뛰어내리더니, 닥치는 대로 아이들의 뺨을 갈겼다. 얼결에 뺨까지 얻어맞은 은수는 휘청, 몸을 가누지 못하고 그대로 나가떨어지고 말았다.

"엄살떨지 말고, 일어나!"

저승사자는 인정사정없이 은수의 엉덩이를 운동화 발로 냅다 걷어찼다. 생전 처음 당하는 폭력에 은수는 그만 눈앞이 샛노래졌다.

"어라!"

저승사자가 은수를 알아본 모양이었다.

"선생님, 얘는 그냥 놔주세요. 제가 꼬셔서 데리고 왔어요."

고유림이 저승사자 앞에 무릎을 꿇더니 두 손을 모으고 싹싹 빌었다.

"이것들이! 아주 가지가지 해요. 너, 내일 부모님 모시고 와."

저승사자는 바들바들 떠는 은수를 위아래로 훑어보더니, 한 번이라 봐준다는 투로 말했다.

"선생님, 잘못했어요. 용서해 주세요."

은수는 눈물을 쏟으며 저승사자에게 매달렸다. 엄마가 알면……. 머릿속에서 사이렌이 울렸다.

"선생님, 저…… 저 진짜 아무것도 몰라요……. 언니가, 그냥, 그냥 잠깐만 연주해 달라고 해서……."

은수는 숨을 몰아쉬며 말을 더듬었다.

"바이올린, 저기 있어요. 거기 진짜 있어요……. 제발, 믿어 주세요……. 선생님, 진짜예요……."

무슨 용기였을까. 은수는 쪼르르 달려가서 바이올린 가방을 들고 저승사자 앞에 섰다. 그러자 고유림이 거들었다.

"선생님, 저 때문이에요. 제가 오라고 했어요. 얘, 진짜 착한 애예요. 선생님도 아시잖아요. 그냥 이런 신세계도 있다는 걸 보여 주려고……."

"어쭈, 신세계? 이게 말이면 단 줄 알아."

저승사자가 고유림의 뺨을 다시 철썩 갈겼다. 고유림은 휘청했던 몸을 다시 꼿꼿하게 세웠다.

"니들, 다 엎드려뻗쳐!"

고유림 패거리들이 일사불란하게 바닥에 엎드렸다. 은수도 따라서 바닥에 엎드렸다. 저승사자가 은수 쪽으로 다가왔다.

"너, 일어나. 잘못한 거 알아?"

저승사자의 목소리가 한결 누그러져 있었다.

"손바닥 내밀어!"

은수는 재빨리 두 손을 저승사자 앞으로 내밀었다.

짝!

손바닥에서 불꽃이 일었다. 절대 부러지지 않고, 탄력 있게 살갗에 착착 감긴다는 싸리나무 회초리였다.

타악! 타악!

여린 손바닥 위로 회초리가 연이어 떨어졌다. 뜨겁고 얼얼한 통증이 퍼졌다. 이런 매질은 처음이었다. 은수는 이를 악물고 버텼다. 아무리 아파 죽을 것 같아도 엄마가 받을 충격에 비하면 아무것도 아니지 싶었다. 은수는 자그마치 손바닥을 열 대나 맞고 나서야 달무리 디스코장에서 풀려났다.

간신히 지옥에서 벗어난 은수는 교습소 건너편 정류장에 도착했다. 바이올린 레슨은 저녁 다섯 시였다. 원래는 디스코장에서 연주를 마치자마자, 곧바로 교습소로 갈 생각이었다. 손목시계를 보니 4시 30분이었다. 조금만 기다리면 버스에서 내리는 명준을 마주칠 수 있을 것 같았다. 은수는 정류장을 서성이며 명준을 기다렸다.

벌겋게 부어오른 손바닥이 욱신거렸다. 특히 왼손 가운뎃손가락은 구부리지 못할 정도로 아팠다. 이 손으로 바이올린 연습은 무리였다. 하지만 이 정도에서 끝난 게 천만다행이었다. 고유림이 나서 주지 않았다면 정학 아니면 근신까지 받았을 거다. 아니, 축제 때 바이올린 연주를 하지 않았다면, 애초에 고유림에게 찍히지도 않았을 거다. 다행이라 해야 할지 불행이라 해야 할지 헷갈렸다. 연주 핑계로 자신을 감쪽같이 속이다니! 고유림이 괘씸했다. 눈에 띄지 않으려면 앞으로 학교 뒷문으로 돌아가야 하나. 한숨이 나왔다. 만일 교실로 찾아오면 어떡하지? 어쩌다 이런 신세가 되었을까. 온갖 잡생각이 머릿속을 어지럽혔다.

"은수야!"

명준이 정류장에 서 있는 은수를 먼저 발견했다.

"선생님!"

은수는 명준을 보자 왈칵 참았던 눈물이 터졌다.

"무슨 일이야? 왜 여기 있어?"

은수는 훌쩍이며 퉁퉁 부은 손을 명준에게 보였다.

"선생님…… 오늘 레슨…… 저, 못 해요……. 엄마한테…… 선생님이…… 아프다고…… 해 주세요……. 제발요……."

은수가 계속 흐느껴 울자, 명준은 당황해서 쩔쩔맸다. 힐끔거리며 지나가는 사람들도 있었다.

"어디서 이렇게 된 거야? 누구한테 맞았어? 여기서 이러지 말고, 우리 어디로 좀 들어가서 얘기하자."

연거푸 질문을 쏟아 놓던 명준은 은수를 데리고 근처 빵

집으로 들어갔다. 명준이 가져온 탄산음료를 한 모금 삼키자, 은수는 마음이 조금 가라앉았다.

"참 무지막지한 선생이네. 바이올린 하는 애 손을 이렇게 만들다니!"

명준이 혀를 차며 말했다.

"잠깐만 기다려."

명준은 은수를 앉혀 놓고 밖으로 나갔다. 잠시 뒤, 연고를 사서 돌아와 조심스럽게 은수의 손에 발라 주었다. 그러고는 시원하게 말했다.

"김은수, 괜찮아. 걱정 마. 원장님께는 내가 말할게. 몸살이 나서 당분간 레슨 못 한다고."

"고맙습니다."

은수의 눈에서 굵은 눈물방울이 뚝 떨어졌다.

"자식, 그만 울어. 아주 울보야, 울보."

명준이 장난스럽게 웃으며 은수의 눈물을 닦아 주었다. 은수는 멋쩍어서 살짝 웃으며 시선을 피했다. 명준이 있어서 다행이었다.

9 말하고 싶은 이야기

은수는 오랜만에 연우에게 전화를 걸었다. 엄마가 시외 전화 요금을 따져 물을 테지만, 연우에게 고유림과의 관계를 털어놓고 하소연하고 싶었다. 디스코장 일로 정학 중이라 고유림을 마주칠 일은 당분간 없겠지만, 어쩐지 연우라면 고유림을 피할 영리한 해결책을 말해 줄 것 같았다. 하지만 연우와의 통화는 이루어지지 않았다. 가사 도우미 아줌마에게 전해 달라고 부탁했지만, 한동안 기다려도 전화는 오지 않았다.

연우의 편지가 도착한 것은 10월 말이 다 되어서였다. 이번 편지의 주제도 역시나 오빠 연성이었다.

은수야,

나 요즘 우리 오빠가 너무너무 보고 싶어.

그런데 만날 수가 없어. 그래서 죽을 만큼 슬퍼.

마음이 아파서 편지를 쓰는 지금도 계속 눈물이 나.

편지글은 거기서 뚝 끊겼다. 편지지는 군데군데 눈물 자국으로 얼룩져 있었고, 볼펜으로 꾹꾹 눌러쓴 글자들이 어룽어룽 번져 있었다. 은수는 고개를 갸웃했다. 아무리 연우가 오빠 바라기라지만, 밑도 끝도 없이 오빠가 보고 싶어서 죽겠다니. 멀리 간 건가? 무슨 헤어진 연인 사이도 아니고 친오빠인데, 만날 수 없다니. 이해할 수 없었다. 구겨진 편지지를 넘기자 끊어졌던 편지글이 이어졌다.

은수야, 미안해.

지금 나에겐 비밀이 너무 많아.

너에게만은 다 털어놓고 싶은데 지금은 그럴 수 없어.

언젠가 은수 너에게 다 말할 수 있는 날이 오겠지.

지금은 오빠가 무사하기만을 바랄 뿐이야.

너도 기도해 줘, 제발.

무슨 비밀이기에 명랑하던 연우가 이토록 슬퍼하며 끝을 맺지 못한 편지를 보낸 걸까. 그동안 주고받았던 편지의 내용으로 보아 연우는 부모님은 물론 오빠에게까지 사랑을 듬뿍 받고 자란 아이였다. 의사 아빠에 약사 엄마, 모범생 오빠까지. 게다가 연우는 재능 있는 아이였다. 무엇 하나 부족함이 없어 보이는 완벽한 집안의 고명딸이다. 은수는 그런 연우가 은근히 부러웠고 때때로 시샘이 생기기까지 했다. 은수는 연우 같은 아이에게 닥친 불행이 의아스러웠다.

'칫, 속 시원히 말해 주든가.'

속으로 비쭉대다가도 연우에게 마음이 쓰였다. 같은 학교에 다녔어도 이런 마음일까. 아마 은수는 연우와 거리를 두었을 거다. 지금까지 은수는 자신의 속마음을 털어놓을 만한 가까운 친구를 만들지 못했다. 처음 원주로 이사 왔을 때 이미 반 아이들은 무리가 다 짜여 있었다. 관심이 가는 친구가 생겨도 그 틈을 파고들기가 쉽지 않았다. 학년이 바뀌고 학교에 익숙해졌지만, 수업을 마치자마자 한눈팔지 말고 교습소에 와서 연습하라는 엄마의 성화 때문에 친구들과 어울릴 시간이 없었다. 아니다, 어쩌면 핑계인지 모르겠다. 그보다는 내성적이고 까탈스러운 자신의 성격 탓일 거였다.

은수는 자신과 달리 솔직하고 털털한 연우가 좋았다. 그런 연우가 지금 은수에게 위로해 달라며 손을 내밀고 있다. 슬퍼하는 연우의 손을 잡아 주고 환한 웃음을 되찾아 줄 만한 무언가가 필요했다. 깔깔거릴 만한 가십거리가 제격이 아닐까.

은수는 날벼락을 맞은 것 같았던 디스코장 단속 사건을 떠올렸다. 그 사건을 이야기해 주면 연우는 어떻게 반응할까. 악몽 같던 일이 우스운 기억으로 바뀐 건, 전부 명준 덕분이었다. 그가 그럴싸한 이유로 엄마를 안심시켜 주었고, 정성껏 발라 준 연고 덕분에 손바닥의 부기도 금세 가라앉았다.

은수는 서랍에서 아끼는 '베르사유의 장미' 캐릭터가 있는 편지지를 꺼냈다. 화려하고 우아한 마리 앙투아네트, 정의롭고 멋진 오스칼 프랑소와즈, 오스칼의 오랜 친구 앙드레 그랑디에. 편지지를 한 장 한 장 넘기다가 앙드레가 있는 민트색 편지지에 손길이 머물렀다. 일본 작가 이케다 리요코의 『베르사유의 장미』는 국민학생 시절의 은수가 만화방에서 한동안 빠져 읽었던 만화책이다. 엄마의 매서운 감시에 딱 걸리는 바람에 끝까지 읽지 못했지만. 엄마에 대한 반감으로 은수는 틈틈이 캐릭터가 있는 상품을 사 모았다.

필통이나 책받침, 머리핀 같은 것들이었는데 편지지도 그 중 하나였다. 은수는 어쩐지 주인공인 오스칼보다 앙드레에게 마음이 갔다. 이룰 수 없는 사랑으로 평생 가슴앓이를 해야 했던 앙드레. 사랑하는 연인을 위해 아낌없이 목숨을 내놓는 순정남이며 정의로운 기사. 열정과 우수가 서린 눈동자는 물론이려니와 윤기 나는 검은 머리마저 슬프고 애잔했다.

은수는 편지지 귀퉁이에 인쇄된 앙드레의 깊은 눈을 들여다보다가 "맞아!" 하며 작게 탄성을 질렀다.

"선생님과 닮았어."

외모보다는 풍기는 분위기가 비슷했다.

은수의 얼굴이 발그레 홍조를 띠었다. 디스코장 사건보다 명준에 관한 이야기를 연우에게 털어놓고 싶은 마음이 불쑥 생겼다. 명준과의 사이에서 느꼈던 달콤한 감정도 솔직하게 털어놓고 싶었다.

은수는 편지지를 펼쳐 놓고 볼펜을 들었다.

보고 싶은 연우에게

문장 하나를 적어 놓고 생각에 잠겼다. 어떤 말로 시작해야 할지, 어디까지 말해야 할지 고민이었다. 지금 연우는 몹시 우울할 텐데, 이런 말랑한 이야기를 건네도 괜찮은 걸까. 연우의 기분이 마음에 걸렸지만 진짜 이유는 따로 있었다. 혹시 연우가 명준과의 이야기를 가볍게 여길까 봐, 쉽게 단정 지을까 봐 망설여졌다. 명준을 향한 감정은 그냥 심심풀이 수다가 아니었다. 새삼 은수는 자신이 명준의 존재를 꽤 특별하게 받아들이고 있다는 것을 깨달았다.

은수는 요즘 널뛰듯 오락가락하는 마음을 종잡을 수 없었다. 명준과 눈이 마주치면 얼굴이 화끈 달아올랐고, 목소리만 들어도 가슴이 두근거렸다. 그러다가 바이올린 수업이 끝나면 이상하리만치 허전했다. 다음 수업을 기다리는 일주일은 왜 그리 긴 건지, 하루하루가 엿가락처럼 늘어지는 기분이었다. 은수는 이런 낯선 감정들을 어떻게 받아들여야 할지 혼란스러웠다. 언젠가는 진지하게 연우에게 말할 날이 오겠지. 은수는 연필을 입에 물고 뚫어질 듯 바라보다가 편지지를 도로 서랍 속으로 집어넣고 말았다.

월말고사를 앞두고 괜스레 마음이 조급해질 무렵, 은수는 연우의 전화를 받았다.

"은수야, 나야. 연우."

수화기 너머 연우의 목소리는 무겁게 가라앉아 있었다.

"지난번 내 편지…… 좀 이상했지? 미안해."

사실 은수도 내내 마음에 걸렸다.

"미안하긴. 연우야, 너 괜찮아?"

궁금했지만 함부로 물어볼 수는 없었다.

"알아, 나도. 내가 얼마나 횡설수설했는지. 그치만 그럴 수밖에 없었어. 오빠 얘기를 글로 남겼다가 경찰한테 발각되면 어떻게 해?"

'경찰에 발각'이라는 말에 은수는 가슴이 쿵 하고 내려앉았다.

"생각해 보니까 전화는 괜찮을 것 같아. 글은 증거가 남지만, 말은 공중으로 사라지잖아. 게다가 너는 멀리 있고……, 우리 오빠에 대해서는 아무것도 모르니까."

연우는 비밀을 털어놓을 이유를 애써 끼워 맞췄다. 은수는 잠시 머뭇거렸다. 연우의 장황한 말 너머에 쉽게 꺼낼 수 없는 이야기가 숨어 있는 것 같았다.

"그게 무슨 말이야? 통 알아들을 수가 없어."

"아, 미안. 내가 요즘 이래. 아무것도 손에 잡히지 않아. 우리 집도 그래. 모든 게 뒤죽박죽이야. 엄마 아빤 날마다 한숨이고, 오빠는 어디에 있는지도 모르고."

북받치는 감정을 다스리려는 듯 연우가 한숨을 푹 쉬었다.

잘 알지도 못하는 오빠 이야기를 왜 자꾸 자신에게까지 쏟아내는 걸까. 형제자매 없이 혼자 자란 은수로서는 연우가 오빠한테 애착을 보이는 게 선뜻 다가오지 않았다. 하지만 은수는 이내 고개를 저었다. 뭔가 털어놓고 싶은 말이 있겠지. 은수는 다시 전화기를 꼭 쥐었다.

"무슨 일인지 모르지만 말해도 돼. 나 비밀 잘 지켜. 믿어도 돼."

은수는 허둥거리는 연우를 다독였다.

"그래, 고마워. 역시 너밖에 없다. 있잖아, 우리 오빠, 전투경찰 아니야. 시위대였어. 엄마 아빠가 걱정하시니까 거짓말을 한 건가 봐."

은수의 머릿속으로 지난번 신촌에서 보았던 장면들이 주르륵 떠올랐다. 시위대와 전투경찰, 독재니 민주주의니 하는 것들. 빨갱이라며 난폭하게 삿대질하는 노인, 모르면 가만히나 있으라며 맞받아치던 젊은이, 매캐한 최루탄 냄새, 견딜 수 없이 쏟아지던 눈물과 콧물, 어지럽던 거리. 무슨 일이 있었는지는 정확히 보지 못했지만, 폭력이 난무했을 거라는 건 짐작할 수 있었다. 어쩐지 남의 일처럼 막연하게 바라보던 일들이 성큼 곁으로 다가와 위협하는 것 같았다. 은수는 저도 모르게 몸을 움츠렸다.

전화기 속에서 연우가 코를 풀었다. 그러고는 결심한 듯 차분하게 입을 열었다. 그동안 연성이 전투경찰에 자원했다고 해서 그런 줄 알고 있었는데, 알고 보니 데모의 주동자였다고, 지금은 누군가의 밀고로 수배자가 되어서 경찰에게 쫓기는 중이라고 했다. 일말의 사건들을 연우는 차분하고 조리 있게 설명했다. 은수는 스스럼없이 속내를 털어놓는 연우가 신기하면서도 왠지 모르게 마음이 갔다.

"그런데 말이야. 끔찍한 건, 밀고자가 오빠와 아주 친한 사람일지도 모른다는 거야. 가까운 사이가 아니고서는 누가 주동자인지 알지 못한다는 거지."

"세상에! 그럼 그 밀고자가 같은 대학 다니는 학생이라는 거니? 너희 오빠 친구야?"

"그거야 모르지. 시위대에는 오빠 학교뿐만 아니라 다른 학교 학생들도 많으니까. 누군지는 몰라도 그 사람, 경찰의 꼬임에 넘어갔나 봐. 아무리 그래도 그렇지, 나쁜 놈 아니니?"

연우는 흥분해서 욕을 내뱉었다.

"세상에, 어쩜 그럴 수가 있어? 어떻게 친구를 배신할 수 있어?"

은수의 팔뚝에 소름이 쫙 돋았다.

"그러게, 왜 그랬을까? 우리 오빠 잡히면 어떡해? 며칠 전에 집에 경찰이 들이닥쳐서 오빠 물건을 전부 가져가 버렸어. 오빠가 오래 간직해 온 물건들도 있고, 내 사진도 있는데."

연우는 다시 감정이 솟구치는지 울먹거렸다. 은수는 가슴 어딘가가 꾹 눌리는 것 같았다.

"어떡해? 은수야, 어떡해?"

급기야 연우가 흐느끼기 시작했다. 연우의 감정에 물들어 은수도 눈가가 붉어졌다. 연우는 한참 동안 울먹였고 은수는 잠자코 기다려 주었다. 이럴 때는 말 없이 들어 주는 것도 위로가 된다는 걸 은수는 어렴풋이 알고 있었다. 마음을 짓눌렀던 불안을 쏟아낸 연우는 조금은 슬픔이 가라앉은 목소리로 다시 말을 이었다.

"김은수, 네가 있어 정말 다행이야. 아빠는 혹시라도 주변 사람들에게 알려질까 봐 몹시 걱정하셔. 알려지면 오빠가 빨갱이로 낙인찍힐 수 있대. 그래서…… 너는 멀리 있으니까, 괜찮을 것 같아서."

"그 마음, 나도 알아. 가까운 친구라서 더 말 못 할 게 있다는 거."

사실 은수도 연우가 가까이 있는 친구가 아니라서 명준 이야기를 털어놓을 수 있을 것 같았다. 그건 학교 친구들에겐 절대 꺼낼 수 없는 비밀 이야기니까.

"야, 그럼 너랑 나랑 친한 친구가 아니라는 거야?"

연우가 쨍, 목소리를 높였다.

"아니, 그런 뜻이 아니라……. 야, 그 말은 네가 먼저 했어!"

은수도 덩달아 목소리를 높였다.

"흐흐, 이러다 우리 진짜 싸우겠다. 암튼 알지? 이심전심. 말로 다 못 해도 너랑 나랑 서로 통하는 거, 알지?"

연우가 버벅거렸다. 은수는 속으로 조용히 웃었다. 말로 다 하지 않아도 전해지는 그 마음이 진심으로 따뜻하게 느껴졌다.

"알지, 그럼. 연우야, 고마워."

10 나란히 걷는 길

은수가 명준을 위해 선물을 준비한 건 꽤 충동적인 일이었다. 문제집을 사러 시내에 나갔다가 무심코 들른 쇼핑몰에서 코발트 빛 스카프를 발견하지 않았다면 애초에 그런 생각조차 떠오르지 않았을 것이다. 스카프를 본 순간, 은수는 저절로 희고 단정한 명준의 얼굴이 떠올랐다. 가격이 꽤 비쌌는데도 은수는 주저하지 않고 지갑을 열었다. 그리고 정성껏 생일 카드를 써서 스카프와 함께 예쁘게 포장했다. 마음 같아서는 멋진 시구 하나쯤 적고 싶었지만, 아무리 머리를 굴려도 적당한 문장이 떠오르지 않았다. 결국 은수는 '선생님, 생일 축하해요.'라고, 그야말로 평범하고 멋

없는 한 줄을 써넣었다.

은수가 명준의 생일을 알게 된 건 순전히 우연이었다. 교습소에서 엄마의 서류철을 무심코 넘기다가 명준의 이력서를 발견한 것이다. 지금보다 앳된 얼굴의 명함판 사진. 은수는 가슴이 두근거리는 채로 한참이나 그 사진을 들여다보았다. 641120-1*******. 명준의 주민 등록 번호였다. 1964년 11월 20일이 명준이 태어난 날이다. 1972년생인 은수와는 여덟 살 차이다. 실감이 나지 않는 나이 차였다.

은수는 설레는 마음으로 집을 나섰다. 바이올린을 메고, 양손에 악보 가방과 선물 상자를 들어야 했지만 하나도 번거롭지 않았다. 발걸음은 오히려 바람에 실린 듯 가벼웠다. 대로에 나오자 군사 훈련 중인지 우람한 탱크들이 줄지어 달리고 있었다. 군사 도시인 원주에서는 가끔 있는 일이라 대수롭지 않았지만, 교통 통제로 버스가 좀처럼 오지 않아서 속상했다. 찬바람까지 불어와 은수는 발을 동동거리며 애를 태웠다. 결국 레슨 시간을 이십 분이나 넘겨 교습소에 도착했다.

"악!"

허둥지둥 교습소에 들어서던 은수는 마침 문을 열고 나

오던 영아 이모와 부딪쳤다. 이마가 얼얼한 것도 잠시, 은수는 반사적으로 선물 가방을 뒤로 숨겼다. 눈치 빠른 영아 이모가 그냥 지나칠 리 없었다.

"설마 내 건 아닐 테고……?"

영아 이모는 선물 가방에 눈길을 주며 묘한 미소를 지었다. 은수는 당황해서 엄마가 있는 방 쪽을 흘끔 살피고는 검지를 입술에 갖다 댔다. 엄마가 알면 미주알고주알 캐물을 테고, 결국 이상한 방향으로 확대해석할 게 뻔했다. 그러다 명준에 대한 속마음을 들키기라도 하면 그땐 정말 골치 아플 일이 벌어질지도 몰랐다.

"선생님 오셨어요?"

은수가 레슨실 쪽을 눈짓하며 입 모양으로만 묻자, 영아 이모는 알겠다는 듯이 고개를 끄덕였다.

"오호, 요 앙큼한 것."

이모는 은수의 이마를 손가락으로 톡 때리고는 교습소를 나갔다. 은수는 발소리를 죽이며 조심스럽게 레슨실로 들어섰다. 검은 카디건 속에 하얀 셔츠를 받쳐 입은 명준을 본 순간, 은수의 심장이 쫄깃쫄깃 간질거리며 뛰었다. 은수는 화끈거리는 양 볼을 두 손으로 감쌌다.

"선생님보다 늦게 오는 학생은 불량 학생 아니야?"

명준이 짐짓 농담처럼 어설프게 말을 건넸다. 요즘 들어 명준은 확실히 달라졌다. 얼굴에 드리웠던 그늘이 걷히고, 입가에는 부드러운 미소가 잦아졌다.

은수는 심장이 두근거리는 걸 애써 감추며 선물 상자를 쑥 내밀었다.

"선생님, 생일 축하해요. 해피 버스데이!"

"어? 내 생일은 어떻게 알았어?"

"흐흐, 다 아는 수가 있지요."

명준은 얼굴을 살짝 붉히며 선물 가방을 받아 의자 위에 내려놓았다.

"안 풀어 보세요?"

"지금 풀어 봐야 해?"

"서양에서는 주는 사람 앞에서 바로 풀어 보는 게 예의라던데요."

"하, 여긴 서양이 아니라 한국인걸."

쑥스러워하면서도 명준은 포장지를 풀었다.

코발트 빛 스카프가 손에 쥐어지자, 명준의 입가에 미소가 번졌다.

"내가 좋아하는 색인데, 이건 또 어떻게 알았어?"

"정말요? 정말 코발트색 좋아하세요?"

은수는 하늘로 둥실 떠오르는 기분이었다. 순간 용기가 솟아올라 명준의 목에 스카프를 살며시 둘러 주었다. 명준은 어정쩡하게 굳어서 은수의 손길을 받았다. 서로의 숨결이 스치는 짧은 순간, 은수는 얼굴이 훅 달아올랐다.

"와, 잘 어울리세요!"

어색함을 감추려 은수는 과장되게 손뼉을 쳤다. 명준도 얼굴을 붉히며 쩔쩔맸다.

"선생님, 제 생일은 7월 5일이에요."

명준이 무슨 말이냐는 듯, 의아스러운 눈빛으로 은수를 바라보았다.

"이미 지났으니까, 선생님께 선물 못 받잖아요. 대신, 선생님 연주를 들려주세요. 듣고 싶어요."

"어?"

명준은 당황한 듯, 오른손을 바지 주머니 안으로 밀어 넣었다. 그 순간, 옆방에서 시끄럽게 딩동거리던 피아노 소리가 뚝 끊겼다. 엄마가 교습을 끝냈다는 신호였다. 은수는 괜히 마음이 조급해졌다. 진작 엄마에게 집에서 수업받겠다고 할걸. 그랬다면 이렇게 조마조마할 필요도 없었을 텐데. 피아노 소리가 수업에 방해된다고 핑계를 댔더라면 엄마도 쉽게 허락했을 것이다.

"자, 수업 시작해야지."

명준이 서둘러 은수 앞으로 보면대를 옮겼다. 눈치껏 분위기를 정리하는 모습이었다. 하지만 수업이 시작되고 나서도 은수의 마음은 싱숭생숭 허공을 떠다녔다. 연주가 자주 삐끗거렸는데도 명준은 아무 말 없이 넘어갔다. 명준 역시 다른 생각을 하는 것처럼 보였다. 은수는 태연한 척 활을 그었다.

수업을 마친 뒤 두 사람은 나란히 교습소를 나섰다. 스카프는 상상했던 것보다 더 명준에게 잘 어울렸다. 은수는 그가 선물을 거절하지 않아 다행이다 싶었고, 적당한 선물을 골라낸 자신의 안목이 은근히 대견했다. 몇 번이나 명준을 흘깃거리던 은수는 마침내 마음속에만 담아 두었던 질문을 꺼냈다.

"선생님. 저……, 뭐 하나 여쭤봐도 돼요?"

분위기 탓인지 명준이 편안한 눈길로 은수를 내려다보았다.

"선생님은 왜 연주를 안 하세요?"

은수의 당돌한 질문에 명준은 당황한 것 같았다.

"아!"

짧은 신음이 새어 나왔다. 화색이 돌던 얼굴빛이 안쓰러울 정도로 창백해졌다. 살집 없는 그의 몸이 허깨비처럼 휘청거렸다. 은수는 놀라서 자기도 모르게 명준의 팔을 감싸 안았다. 멍한 표정의 명준은 은수의 손길을 뿌리치지 않았다. 그저 말없이 발을 옮겼다.

"대답 안 하셔도 돼요."

은수도 말없이 명준의 발에 맞춰 걸었다. 둘은 무작정 걷기 시작했다. 정류장은 이미 지나쳤고, 목적지도 모른 채 한참을 걸었다.

"선생님은 음악가 누가 좋아요? 어떤 곡을 제일 좋아하세요?"

은수는 명준의 눈치를 살피며 조심스레 말을 꺼냈다.

"저는 바흐나 헨델보다 브람스가 좋아요. 또 쇼스타코비치도 좋아요. 특히 쇼스타코비치의 「왈츠 2번」은 정말 좋아요. 연주하다 보면, 어느새 춤추듯 몸이 움직이고 있어요."

은수는 왈츠를 추듯 명준의 팔을 잡고 가볍게 흔들었다. 명준은 가만히 웃고는, 다시 생각에 잠긴 얼굴로 시선을 피했다. 은수는 침묵 속에 숨겨진 명준의 마음이 몹시도 궁금했다. 바이올린을 전공한 사람이 연주하지 않는다는 건 아무리 생각해도 예사로운 일이 아니었다. 무슨 사연일까? 잘린 손가락과 연관이 있을까? 그렇다고 연주를 못 할 정도는 아니지 않나? 물음표들이 머릿속을 헤집고 다녔다.

얼마나 걸었을까. 초겨울의 짧은 햇살이 어느새 스러지고, 찬바람이 얼굴을 스쳤다. 그때 가로수 가지에 매달려 있던 빨간 단풍잎 하나가 은수의 어깨 위로 호르르 떨어졌다. 은수는 단풍잎을 조심스레 집어 손바닥에 올려놓았다. 아기 손처럼 작고 앙증맞은 단풍잎이었다. 은수는 짐짓 명랑한 목소리로 말했다.

"선생님,「마지막 잎새」아세요? 저 그 소설 읽고 막 울었어요. 너무 슬프잖아요."

명준은 걸음을 멈췄다. 그의 눈길이 은수의 손바닥 위 빨간 단풍잎에 머물렀다. 어쩐지 몹시 쓸쓸해 보였다. 은수는 위로하듯 팔짱을 낀 팔에 가만히 힘을 주었다. 명준의 체온이 은은하게 전해졌다. 따뜻했다. 은수는 문득, 명준이 어떤 사연을 가졌든 그깟 건 상관없다는 생각이 들었다. 아무려면 어떠랴. 오롯이 지금, 이 순간의 따뜻함을 오래 느끼고 싶었다.

"은수야."

문득 명준이 나지막하게 은수를 불렀다. 은수는 단풍잎을 보느라 가느다래진 눈을 다시 크게 떴다.

"그래, 하자."

명준은 마침내 결심한 사람처럼 무언가를 훌훌 털어 내려는 듯 단호한 표정을 지었다. 명준의 눈에 천천히 물기가 고였지만 은수는 미처 알아차리지 못했다.

"정말요? 진짜요?"

은수가 팔짱을 풀고 폴짝폴짝 뛰었다.

"선생님이랑 「왈츠」를 연주하고 싶어요. 브람스나 쇼스타코비치, 어느 곡이나 다 좋아요. 슈베르트도 좋고요. 선생님과 함께라면요."

은수는 명준과 연주할 생각에 벌써 가슴이 뛰기 시작했다.

"오늘부터 죽어라 연습할 거예요! 선생님 코를 납작하게 만들 거니까요."

은수는 쌩긋 웃으며 다시 명준의 팔에 팔짱을 끼었다.

"어, 너 뭐 하는 거야?"

그제야 정신이 든 듯 명준이 황급히 팔을 뺐다. 은수는 머쓱해져 입술을 쑥 내밀었다.

"그나저나, 선생님. 우리 엄마가요, 선생님을 의심하고 있어요. 정말 서울대생이 맞냐고, 혹시 사기꾼 아니냐고도 했어요."

"허, 그랬니?"

명준이 씁쓸하게 헛웃음을 웃었다. 은수는 성큼 다가서며 명준의 팔에 다시 팔짱을 꼈다. 명준이 움찔했지만, 이번에는 은수의 손을 떼어 내지 않았다. 은수는 명준의 팔을 더욱 힘주어 잡고 발길을 옮겼다.

둘은 말없이 걸었다. 할 말은 많았지만 선불리 입을 열지 않았다. 가끔은 말 안 해도 그냥 알 것 같은 순간이 있다. 자세히 말하지 않아도 연우의 속마음이 헤아려졌던 것처럼. 지금도 그랬다. 명준에게서 전해지는 온기가 은수의 심장을 간질이고, 설레게 했다.

명준이 고개를 들고 하늘을 바라보았다. 어느덧 밤하늘에는 하나둘 별들이 돋아나고 있었다.

"참 좋다, 원주."

명준이 투명하게 웃었다. 오래 쌓였던 구름이 걷히듯 맑은 표정이었다.

"저도 좋아요, 원주. 선생님은 언제부터 원주에 살았어요?"

은수도 하늘을 올려다보며 명랑하게 물었다.

"아주아주 어릴 때. 아이였을 때."

명준은 멀리 보이는 치악산을 바라보았다. 치악산은 마지막 가을을 품은 채 조용히 숨 쉬고 있었다. 잎을 떨군 나무들 사이로 늘 푸른 소나무들이 변함없이 의연하게 서 있었다. 그곳 어딘가에 어머니가 있다. 명준의 가슴이 뜨거워졌다.

"어, 늦었다. 빨리 가자."

명준이 은수의 팔을 풀고 성큼성큼 앞장서 걸었다. 은수는 종종걸음으로 다가가 명준의 팔에 단단하게 팔짱을 꼈다. 명준이 제법 어른 같은 어조로 '어허!' 호통을 쳤지만, 은수는 잡은 팔을 풀지 않았다. 둘은 한동안 팔짱을 끼고 푸는 장난 같은 실랑이를 하며 깔깔거렸다. 그렇게 웃으며 걷다 보니, 어느덧 밤하늘 아래 우뚝 서 있는 콘크리트 이층집이 보였다. 은수는 짐짓 모른 척 더 걸어가려 했다. 명준과 보내는 이 따뜻하고 간질간질한 시간을 조금이라도 더 이어가고 싶었다. 아예 다른 방향으로 돌아갈 걸 그랬나 싶을 즈음, 대문이 벌컥 열리며 쓰레기봉지를 손에 든 주인집 아줌마가 나왔다. 은수는 소스라치게 놀라 명준의 팔을 놓았다.

"어머, 이제 오니?"

아줌마는 명준을 위아래로 훑어보며 말했다.

"아, 바이올린 선생님이에요! 악보 가지러 잠깐 들르신 거예요."

은수는 허둥지둥 둘러대고는 다다다 계단을 뛰어올랐다.

잠시 뒤, 은수는 바흐의 소나타 악보를 손에 들고 숨을 고르며 내려왔다. 그사이 아줌마는 사라지고 명준만 대문 앞에 어정쩡하게 서 있었다. 명준이 은수를 바라보다 피식, 웃음을 삼켰다.

"저기 사는구나."

명준이 불 켜진 이 층 창문을 올려다보았다. 방금 은수가 켜 놓고 내려온 형광등 불빛이 커튼 사이로 하얗게 부서지고 있었다. 은수는 순간, 명준과 나란히 창가에 앉아 별을 바라보는 상상을 하고는 얼굴을 붉혔다.

"우아, 별이 더 많아졌어요."

은수는 황급히 두 손으로 볼을 감싸며 짐짓 딴청을 부렸다.

11 진실의 틈

명준이 대문을 나서자, 눈부신 설경이 영화의 한 장면처럼 펼쳐졌다. 겨우내 흉물스럽게 방치됐던 고구마밭은 두툼한 눈 이불을 덮은 채 조용히 잠들어 있었고, 보석처럼 반짝이는 나뭇가지들은 간간이 눈꽃을 화르르 흩뿌렸다. 우람한 치악산마저 눈 모자를 푹 눌러쓴 채 장난스럽게 웃고 있는 듯했다. 고요하고, 아름답고, 정겨웠다.

"아, 좋다."

설경을 바라보던 명준이 나직이 탄성을 내뱉었다. 그러고는 손에 든 바이올린 가방을 더 단단히 움켜잡았다. 은수와 함께했던 연주가 아직도 마음속에 선명했다. 그동안 얼마나 음악에 목말라 있었는지, 얼마나 다시 활을 잡고 싶었는지 새삼 마음 깊숙이 와닿았다.

그날 은수와 헤어진 후 들뜬 마음으로 좁은 문간방으로 돌아온 명준은 쌓아 둔 감정을 쏟아내듯 다시 활을 들었다. 음악은 자신을 외면하지 않았다. 어린 날에 그랬듯 상처 난 마음을 조용히 어루만져 주었고, 모든 걸 잠시나마 잊게 해주었다. 그 뒤로 명준은 그날의 악몽이 떠오를 때마다 홀린 사람처럼 바이올린을 들었다. 때때로 가시에 찔린 듯 심장이 따끔거렸고 손가락이 석고처럼 굳어 버린 적도 있었지만, 다시 연주할 수 있다는 사실에 감사했다.

은수를 떠올리면 이상하리만치 다친 마음이 희미해졌다. 수줍음 속에 숨겨진 당돌함, 명랑을 가장한 외로움, 반항하는 듯한 거친 연주. 명준은 은수에게 어린 시절의 자신을 보았다. 인자함 속에 차가움을 감춘 큰어머니, 대놓고 무시하던 형들, 문득문득 아프게 떠오르는 엄마의 얼굴 그리고 갑작스러웠던 아버지의 죽음. 은수의 슬픔과 외로움이 자신의 것과 비슷하다는 것을 알 수 있었다. 명준은 은수가 안쓰러웠고 자꾸만 마음이 갔다.

버스 정류장으로 향하는 발걸음은 가벼웠다. 뽀드득뽀드득 눈 밟히는 소리조차 아름다운 음악처럼 들렸다. 원주로 내려온 후 처음으로 명준은 설레는 마음으로 버스를 기다렸다. 그러나 버스는 좀처럼 오지 않았다. 간밤에 내린 폭설 때문일까. 명준이 서성이며 버스를 기다리던 그때, 옆에서 신문을 훑던 사내가 거칠게 욕설을 내뱉었다.

"우라질 놈들! 이게 대체 뭔 소리야?"

무심코 남자 쪽으로 눈을 돌린 명준은 숨이 턱 막혔다.

경찰에서 조사받던 대학생 '쇼크사'

굵은 바탕체의 활자가 눈에 꽂혔다. 검은 뿔테 안경, 반듯한 이목구비. 신문 속 대학생의 얼굴! 몸이 떨리고 다리가 후들거렸다. 그때 버스가 도착했다. 남자는 신문을 바닥으로 휙 던져 버리고는 버스에 올라탔다. 명준은 망설이다가 떨리는 손으로 신문을 주워 들었다.

14일 연행되어 치안 본부에서 조사를 받아 오던 공안 사건 관련 피의자 박종철 군(21. 서울대 언어학과 3년)[4] 이 이날 하오 경찰 조사를 받던 중 숨졌다. 경찰은 박군의 사인을 쇼크사라고 검찰에 보고했다. 그러나 검찰은 박 군이 수사 기관의 가혹 행위로 인해 숨졌을 가능성에 대해 수사 중이다.[5]

명준은 더 이상 기사를 읽을 수 없었다. 손이 부들부들 떨렸고 눈앞이 흐려졌다. 원주에 내려온 뒤로 명준은 눈을 감고 귀를 막고 살았다. 일간지 신문이 꽂힌 가판대 앞을 지날 때면 일부러 외면하고 걸었고, 밤 아홉 시 찬양하듯 쏟아지는 땡전 뉴스[6]에도 귀를 막았다. 그랬는데…… 그랬는데, 이렇게 소식을 들었다. 명준은 손바닥에 피가 나도록 신문을 움켜잡았다.

명준이 독서 동아리에 가입한 건 2학년 봄이었다. 개강하고 며칠 되지 않은, 스산한 바람이 불던 초봄의 날이었다. 여느 때처럼 오케스트라 연습을 마치고 복도로 나오다가 고등학교 친구 영우를 만났다. 영우는 품에 전단지를 한 아름 안은 채 마주 오고 있었다.

"영우야, 김영우!"

---

4) 박종철 고문치사 사건. 1987년 1월 14일 서울대학교 인문대학 언어학과 3학년 학생 박종철이 경찰에게 연행되어 남영동 대공분실에서 각종 고문을 당하다가 사망한 사건이다. 6월 항쟁의 도화선이 되었다.

5) 중앙일보 1987년 1월 15일 기사 갈무리.

6) 전두환 정부 당시, 뉴스 시보를 알리는 9시 종이 "땡" 하고 울리자마자 직후에 "전두환 대통령은"으로 시작되는 헤드라인 뉴스를 내보낸 데서 비롯된 명칭.

“어, 명준아?”

학과가 달라 좀처럼 보기 어려웠던 사이라 반갑게 인사를 나눴다.

“명준이, 너 시 좋아하지? 우리 문학 동아리 들어오지 않을래?”

시나 소설뿐만 아니라 철학 공부도 하는 동아리인데 선배들의 식견이 대단하다며 영우가 동아리 홍보 전단지를 건넸다. 틈틈이 시 읽기를 즐기던 명준은 단박에 호기심이 생겼고 ‘청아’라는 독서 동아리에 가입했다. 영우 말대로 동아리 선배들은 깊고 넓게 지식을 쌓아 온 사람들이었다. 함께 읽는 문학 작품도 인상적이었지만 무엇보다 명준을 매료시킨 건 서양의 철학 서적들이었다. 사르트르, 루카치 등 철학가의 책들을 탐닉했고, 헤겔과 마르크스로 사유의 영역을 넓혀 갔다. 책을 읽고 토론할수록 신세계를 만난 것처럼 기쁨과 희열을 느꼈다. 우물 안 개구리처럼 살았던 자신을 자각했고, 그동안 아무 의문 없이 누려 온 삶이 낯설게 느껴졌다. 때로는 자책하는 마음도 생겼다. 그러던 어느 날, 어떤 선배가 은밀하게 몇몇 회원을 불러 모았다.

“이것 좀 봐.”

선배는 미국 유학 중인 사촌이 몰래 가져온 거라며 여러

장의 사진을 펼쳐 보였다. 흑백 사진 속 광경은 처참했다. 즐비하게 놓인 관들, 거리에 아무렇게나 뒹구는 시체들, 시체를 부여잡고 울부짖는 여자들, 총을 든 군인들이 탄 군용차의 행렬, 쫓기는 청년들……. 끔찍한 전쟁터 같았다. 회원들이 두 눈을 휘둥그레 떴다. 명준은 숨을 들이켰다.

"이게 뭐야?"

한 선배가 사진을 바라보다 떨리는 목소리로 물었다.

"살인마 전두환이 저지른 짓이야."

낮은 목소리였지만 분노가 숨겨지지는 않았다. 선배의 설명은 이랬다.

1980년 5월 18일에 일어난 북한군의 소행이라고만 들어왔던 광주 사태[7]가, 사실은 전두환 군부 세력이 정권을 찬탈하기 위해 벌인 만행이라는 것. 무장한 군인들이 시민을 향해 무차별하게 총을 쐈다는 것. 정권을 잡기 위해 전두환

---

7) 1980년 5월 18일부터 5월 27일까지 전두환과 노태우를 중심으로 한 신군부 세력이 내란과 폭동을 저지르고 이에 저항권으로 저항한 무고한 광주 시민들을 학살한 사건이다. 처음에는 신군부에 의해 광주 폭동, 당시 매스컴에서는 광주 사태 또는 광주 소요 사태 등의 이름으로 불렸으나, 시대가 변하고 진실이 밝혀지면서 현재는 광주 민중 항쟁, 광주 학살 등으로 부르기도 하며, 일어난 날짜를 줄여서 5·18로 부르기도 한다. 대한민국 초·중·고 교과서 대부분 5·18 민주화 운동이라고 표기하고 있다.

이 자국민을 학살했다는 것.

그동안 입에서 입으로 전해지던 소문을 눈으로 똑똑이 확인하는 순간이었다. 분노가 동아리방을 맴돌았다.

“이게 진짜야?”

누군가 믿기지 않는 듯 나직하게 물었다.

“외신 기자가 직접 찍은 거야. 전두환이 언론을 통제해서 우리는 지금껏 아무것도 모르고 살아온 거라고. 너희, 이게 민주주의 같아?”

선배의 목소리가 커졌다. 아무도 선뜻 대답하지 못했다.

“비디오도 있어. 나중에 기회 되면 보여 줄게.”

며칠 뒤, 선배는 직접 비디오 플레이어와 14인치 텔레비전을 들고 왔다. 동아리방 문은 조용히 잠겼고, 모인 사람들이 숨죽인 채 비디오를 시청했다. 비디오 속 장면들은 차마 눈 뜨고 볼 수 없을 만큼 끔찍하고 잔인했다. 무고한 사람을 향해 총을 쏘는 군인들, 주검을 덮은 천, 피로 얼룩진 바닥, 절규하는 아이와 여인. 명준은 눈을 질끈 감았다. 피부가 얼어붙은 듯 전율이 치밀었다. 어째서 우리나라 군인들이 무고한 시민을 향해 총부리를 겨눈단 말인가. 어째서 발포 명령을 내린 살인마가 멀쩡히 대통령 자리에 앉아 있단 말인가.

"이거…… 세상에 알려야 하는 거 아니야?"

명준이 목소리를 떨며 말했다.

"그럼, 진실을 알려야지. 이걸 보고 어떻게 가만히 있어?"

영우도 분한 듯 이를 악물고 말했다. 그날 명준은 동아리 학우들과 진실을 알리는 대자보와 유인물을 만들었다. 그리고 한밤중 인적이 드문 시간을 택해 학교 게시판과 벽에 몰래 붙이고 거리에도 뿌렸다.

그러던 어느 날, 동아리 선배가 굳은 얼굴로 나타나 소식을 전했다.

"영진사가 짭새들한테 털렸어."

영진사는 동아리에서 만드는 유인물을 인쇄하는 곳으로, 사장님 역시 반독재 의식이 뚜렷한 분이었다. 선배의 말을 들은 회원들의 얼굴은 일제히 하얗게 질렸다.

"그동안 사장님이 자투리 하나 남기지 않고 미리 소각해서 이번에는 다행히 넘어갔어. 짭새들이 무슨 냄새를 맡은 게 분명해. 이제부터 정말 조심해야 해. 가방이나 주머니에 꼬투리 잡힐 만한 건 절대 가지고 다니지 마. 옷이랑 머리랑 더 단정하게 하고. 의심 살 만한 행동은 절대 하면 안 돼."

선배가 단단하게 주의를 주었다.

"대체 불심검문을 언제까지 견뎌야 하지? 자유 대한민국에서 이래도 되는 거야?"

누군가 참지 못하고 중얼거렸다. 학생들은 서로 조심할 것을 당부하며 헤어졌다.

경찰들은 때와 장소를 가리지 않고 학생들의 가방을 수색했다. 인상이 나쁘다거나 불량스러워 보인다거나 하는 얼토당토않은 이유에서였다. 그러다가 조금이라도 의심이 들면 가차 없이 경찰서로 끌고 갔다. 그러나 학생들은 밟으면 밟을수록 강해지는 잡초 같았다. 진실을 알면 알수록 분노는 들끓었고, 해야 할 일은 늘어났다. 대학과 대학은 서로 정보를 주고받으며 진실을 알리기 위해 목소리를 높였다. 학생들은 현재 시행되고 있는 간접 선거제[8]가 불법 선거의 온상이며, 군부 독재를 유지하기 위해 개헌한 악법이라는 것을, 민주주의를 바로 세우기 위해서는 반드시 국민이 직접 대통령을 뽑는 직접 선거제로 개헌해야 한다는 것을 세상에 알리기 시작했다.

명준은 학생 운동에 점점 깊이 빠져들었다. 밤늦게 귀가

---

8) 소수의 선거인단이 대통령을 선출하는 것을 '간접 선거제'라고 한다. 현재 우리나라는 국민이 투표로 직접 대통령을 선출하는 '직접 선거제' 국가다.

하는 일이 잦아졌고 동아리방에서 꼬박 밤을 새우는 일도 많았다. 몸은 힘들어도 마음만은 뿌듯했다. 민주주의와 정의를 위해 싸우는 자신이 대견스럽기까지 했다.

그날도 명준은 종강 수업을 마친 뒤 동아리방으로 갔다. 영진사가 털린 뒤로 청아 회원들은 당번을 정해 동아리방을 청소했다. 학생 운동의 단서가 발각되면 쥐도 새도 모르게 어디론가 끌려가 고문을 당한다는 소문이 암암리에 돌았기 때문이었다. 명준은 코 푼 휴지 조각 하나라도 남기지 않으려고 쓰레기통까지 죄다 비워 냈다. 청소를 마친 명준은 의자를 잇대어 몸을 뉘었다. 계속되는 시위로 며칠째 이리 뛰고 저리 뛰었더니 몸이 절인 배추처럼 늘어졌다. 까무룩 잠이 들었던 걸까. "일어나!" 하는 소리와 함께 의자가 거칠게 걷어차였다.

순간, 몸이 바닥으로 나동그라졌고 명준은 그대로 얼어붙었다. 흰 남방에 청바지 차림의 남자가 널브러진 명준을 싸늘하게 내려다보고 있었다. 대학생으로 위장한 짭새, 사복 경찰[9]이었다.

"일어나."

남자가 굳은 입술로 씹어뱉듯이 말했다.

"서…… 선배님, 왜 그러세요?"

명준이 시치미를 떼며 어리둥절한 표정을 지었다.

"선배?"

남자는 실긋 입꼬리를 말아 올렸다. 뒤따라 들어온 또 한 남자가 동아리방을 이 잡듯이 뒤지기 시작했다. 그들이 찾는 게 혹시라도 남아 있을까 봐 두려웠다. 명준 혼자 있을 때 들이닥친 걸 보면 뭘 알고 있는 것 같지는 않았다. 그럼에도 가슴은 계속해서 벌렁거렸다.

"따라와."

남자가 단호하게 명령했다. 혼자라는 사실에 오싹한 공포가 일었다. 이럴 때 선배가 함께 있었다면 조금은 나았을까.

"왜 이러는 거예요?"

명준이 억지로 버텨 보려 했지만, 그들의 힘을 당해 낼 수 없었다. 밖은 이미 어둠이 깔리고 있었다. 유월의 어느 날이었다.

---

9) 제복 대신 사복을 입고 활동하는 경찰관. 1980년대 한국에서는 대학 교내와 시위 현장에 침투해 불법 체포와 감시, 폭력 행사 등으로 국가 폭력의 상징이자 두려움의 대상이 되었다.

"정말 안 불 테야? 한 명만 대면 풀어 준다잖아."

희미한 전등 아래, 누군가 명준을 닦달했다. 사람 하나쯤 없애는 건 일도 아니라는 공안 검사[10]였다. 그자는 명준을 끈질기게 몰아붙였다. 며칠째였다. 잠은커녕 눈조차 감지 못하게 하고는 같은 질문을 반복하고 또 반복했다. 명준은 입술을 굳게 다물었다. 눈꺼풀이 천근처럼 무거웠지만 의식이 꺼지지 않게 이를 악물고 버텼다. 머릿속은 새카맸고, 시간은 사라졌다.

"보기보다 지독한 놈이군. 너 바이올린 한다고 했지?"

끼이익, 요란하게 미끄러지는 바퀴 소리, 날카로운 금속의 번득임. 누군가 명준의 오른손을 꽉 움켜잡았다. 뱀처럼 차갑고 섬뜩했다. 명준은 그들이 무엇을 하려는지 본능적으로 알아차렸다.

"제발…… 제발 사…… 살려…… ."

명준은 자기도 모르게 애원하고 있었다.

"으악!"

---

10) 시위, 학생 운동, 반정부 활동 등을 수사하던 검사. 1980년대에는 정권 비판 세력을 불법 구금하거나 조작 사건으로 기소해 정치적 탄압의 앞잡이로 불리기도 했다.

명준의 비명이 방 안을 찢었다. 그리고 모든 게 하얗게 날아갔다.

눈을 떴을 때는 손가락 두 개 마디가 사라진 뒤였다. 오른손 중지와 검지였다. 제멋대로 감아 놓은 하얀 붕대에 벌겋게 핏물이 들어 있었다.

"허억!"

비명조차 나오지 않았다. 목구멍은 말라붙고 온몸의 감각이 둔해졌다.

"이것도 마저 할까?"

공안 검사의 손이 명준의 왼손을 천천히 더듬었다. 차가운 무언가가 손끝에 닿는 순간, 심장이 얼어붙었다.

"다…… 다 마…… 말할게요."

그다음 명준은 자신이 무슨 말을 쏟아냈는지 기억하지 못했다.

명준은 이불을 뒤집어쓰고 몸을 만 채 끙끙 앓았다. 아랫목이 절절 끓었지만, 몸은 시베리아 벌판에 서 있는 것처럼 한없이 떨렸다. 울부짖는 고함, 피를 토하는 신음, 고막을 찢는 듯한 비명. 차라리 악몽이라면 얼마나 좋을까. 끔찍한 기억을 꿈속으로 밀어 넣고 굳게 봉인해 버리고 싶었다.

“아니야, 아니야. 아니라고!”

명준은 몸부림쳤다. 박종철. 명준은 그 이름을 알지 못했다. 같은 학교 학생으로 어쩌다 우연히 캠퍼스에서 스쳤을지 모르지만, 명준의 기억 속에 ‘박종철’이란 이름은 없었다.

“난 아니다. 내가 말하지 않았어.”

신열에 들뜬 몸으로 명준은 수십 번, 아니 수백 번도 넘게 몸부림치며 외쳤다. 난 아니다, 난 모르는 이름이다!

12 선생님의 부탁

벌써 몇 주째 명준은 감감무소식이었다. 이력서에 있는 번호로 전화를 걸어 보았지만, 돌아온 건 이미 짐을 싸서 나갔다는 말뿐이었다. 엄마는 화가 나서 펄펄 뛰었다. 얼굴이 붉으락푸르락했다.

"사기꾼이야, 그놈? 믿는 도끼가 발등을 찍어도 유분수지. 레슨비도 선불로 줬는데, 잠수를 타?"

엄마는 있는 대로 명준을 비난했다. 심지어 욕설까지 내뱉었다. 마음 같아서는 엄마에게 악을 쓰며 대들고 싶었다. 아무것도 모르면서 왜 그렇게까지 말하냐고, 그깟 레슨비가 사람보다 중요하냐고. 하지만 은수는 귀를 틀어막는 걸로 대신할 수밖에 없었다.

'선생님, 무슨 일이 있는 거예요?'

며칠 동안 밤잠을 설친 끝에 은수는 이력서에 적힌 주소지를 찾아가 보았다. 치악산 자락에 있는 허름한 농가였다. 듣던 대로 명준의 방은 텅 비어 있었다. 은수는 기가 막혔다. 말도 없이 명준이 떠났다는 사실이 믿기지 않았다. 어떻게 이렇게 무책임할 수 있나. 그러다 은수는 애써 생각을 돌렸다. 혹시 무슨 사고라도 당한 건 아닐까. 틀림없이 말 못할 사정이 있을 거야. 하지만 자꾸 배신감이 고개를 들었다. 기운이 쭉 빠졌다.

봄이 오나 했는데 꽃샘추위가 기승을 부렸다. 갑자기 기온이 뚝 떨어졌고 한겨울처럼 눈보라가 거세게 일었다. 낡은 창문은 거칠게 덜컹거렸다. 은수는 문제집을 앞에 두고 앉아 있었지만 도통 눈에 들어오지 않았다. 공부에 집중해야 했다. 겨울 방학이 끝나고 치러질 모의고사 성적으로 3학년 우열반을 나누기 때문이다. 만약 열반에 들어가게 된다면 엄마는 충격을 받을 것이다. 어쩌면 모든 걸 명준의 탓으로 돌릴지도 모른다. 엄마가 명준을 비난하는 소리는 더 이상 듣기 싫었다. 그럴 때면 참을 수 없을 만큼 화가 났다.

툭 툭툭, 투둑툭.

처음에는 바람인가 했다.

툭툭, 툭툭.

이어서 알루미늄 새시 현관문이 둔탁하게 흔들렸다. 누군가 문을 두드리고 있었다. 아래층 주인아줌마인가 하다가 은수는 자리에서 발딱 일어섰다. 순간 스치는 생각에 달려나가 곧장 현관문을 열었다.

역시나. 명준이 현관 앞에 서 있었다. 어깨에 큼직한 배낭을 메고, 한 손에는 바이올린을 들고 있었다. 은수는 심장이 턱 멎는 것 같았다. 명준의 검은 코트 자락이 바람에 제멋대로 날렸다. 은수는 갑자기 들이닥친 명준이 당황스러우면서도 와락 반가웠다.

"잠깐 들어가도 될까?"

은수는 얼른 뒤로 물러나며 길을 터 주었다. 거실로 들어선 명준은 머뭇머뭇 좁은 거실을 훑어보았다.

"교습소로 가려다가, 네가 없을 것 같아서."

명준이 겸연쩍게 말했다. 못 본 사이에 명준의 얼굴은 반쪽이 되어 있었다. 그렇지 않아도 살집이 없는 볼은 더욱 홀쭉해졌고, 큰 눈은 더 퀭해졌다. 그러나 꾹 다문 입술은 무언가 모르게 단단해 보였다.

"도대체 어디 계셨던 거예요, 선생님? 얼마나 걱정한 줄 아세요?"

은수는 눈에 눈물이 고였다. 그동안의 쌓였던 서운함과 배신감이 한꺼번에 밀려와 토라진 말투로 대들었다.

"연락 못 해서 미안해. 정리할 게 있어서 구룡사에 있었어."

명준이 손바닥으로 해쓱한 얼굴을 쓸어내렸다. 뭉툭 잘린 오른손의 검지와 중지가 성한 손가락과 대비되어 유독 눈에 들어왔다.

"그럼 이제 돌아오신 거지요?"

은수가 밝아진 표정으로 물었다.

"아니, 가야 해. 해야 할 일이 있거든. 그동안 정말 고마웠다."

이미 모든 결심이 섰다는 듯 명준이 담담하게 말했다.

"복학하시는 거예요?"

"아니, 학교에 가지는 않을 거야. 그럴 자격이 없어."

명준이 고개를 떨구었다.

"자격? 무슨 자격이요? 음악 공부하는데 무슨 자격이 있어야 해요?"

은수가 명준을 빤히 바라보았다.

"글쎄."

명준이 씁쓸하게 대꾸했다.

"도대체 무슨 말이에요? 답답해 죽을 것 같아요. 무슨 일인지 제가 알면 안 돼요?"

"미안해. 나중에…… 다시 만날 수 있다면 그때 말할게."

"만날 수 있다면? 어디 전쟁터에 나가는 사람처럼 말하시네요."

은수가 비꼬았다.

"허!"

정곡을 찔린 사람처럼 명준이 눈을 크게 떴다.

"전쟁터나 다름없지. 은수 네가 이해할지 모르지만, 지금 우리나라는 전쟁 중이야. 독재와의 전쟁."

"독재와의 전…… 쟁이요?"

은수는 어리둥절한 눈으로 명준을 올려다보았다. 작년 봄, 서울에서 보았던 풍경이 머릿속을 스쳤다. 지하도에서 말다툼을 벌이던 청년과 노인, 그리고 숨 막히는 최루탄 가스. 명준도 그런 것과 관계가 있다는 말일까. 연우의 오빠처럼 시위 학생이라 경찰에게 쫓기는 걸까. 안갯속 같던 눈앞이 조금은 밝아졌다.

"선생님, 혹시 운동권 학생이에요?"

은수가 단도직입적으로 물었다.

"운…… 동권?"

명준은 대답할 수 없었다. '운동권', '민주 투사' 그런 말들은 자신과 어울리지 않았다. 자신은 친구를 밀고하고 살아남은 배신자일 뿐이었다. 애써 눈감아 왔던 수치심과 자괴감이 다시 고개를 들었다. 심장이 저리고 식은땀이 흘렀다.

"나도 알아요. 내 친구 연우라고 있어요. 걔네 오빠가 시위하다가 경찰에 찍혔대요. 그래서 숨어 다니거든요. 선생님도 운동권이라서 원주로 숨은 거죠?"

명준은 아는 척 종알거리는 은수를 물끄러미 바라보다가 입술을 깨물었다. 이제 숨어서 자학하는 것을 멈춰야 한다. 이 조그만 아이한테까지 부끄럽고 싶지 않았다. 설령 배신자라고 손가락질을 당해도 동지들과 마지막까지 함께 싸워야 한다. 심장이 조용히 고동쳤다.

"은수야, 이거 엄마에게 전해 줘. 그리고 죄송하다고 말씀드려 줘."

명준이 코트 안에서 하얀 봉투를 꺼내 탁자 위에 놓았다. 선불로 받은 레슨비 봉투였다. 은수는 울컥 반발심이 일었다.

"정말 너무해요. 고작 이걸 주려고 온 거예요?"

은수의 말투가 퉁명스러워졌다.

"미안해, 은수야. 나중에, 나중에 네가 어른이 되면 날 이해하게 될 거야. 아니, 이해하지 않아도 괜찮아."

은수는 자꾸 무언가 감추면서 자신을 어린아이 취급하는 명준에게 서운했다.

"나, 어린애 아니에요. 지금 말해 줘도 안다고요."

명준은 당차게 대드는 은수에게 눈을 맞추었다. 명준의 눈빛은 흔들림 없이 고요했다. 은수도 꼿꼿하게 명준의 눈길을 맞받았다.

"넌 아직 열여섯 살이잖아. 아직 이런 일까지 알 필요는 없어. 그냥 좋아하는 거 하고, 친구들이랑 웃고, 그렇게 지내."

그러고는 바이올린 가방을 들어 은수 앞으로 밀어 놓으며 말했다.

"은수야, 이걸 좀 맡아 줘. 알지? 나한테는 제일 소중한 거야. 아무것도 묻지 말고, 그냥. 내가 다시 연주할 수 있는 날이 오면 그땐 너랑 같이할게."

명준의 눈빛이 간절했다. 섭섭함이 가득하던 은수의 눈빛이 일순 흔들렸다.

"꼭 다시 찾으러 오실 거죠?"

은수가 다짐하듯 명준을 올려다보았다.

"그래, 꼭 올 거야. 약속해."

명준이 가늘고 섬세한 새끼손가락을 내밀었다. 은수가 살며시 손가락을 걸었다.

"선생님, 다치지 마세요. 알겠죠?"

돌아서려는 명준의 코트 자락을 붙잡고 은수가 말했다. 명준이 말없이 은수의 어깨를 토닥였다. 명준을 따라 현관을 나서자, 기다렸다는 듯이 꽃샘바람이 휘몰아쳤다. 살을 에는 맵찬 바람이었다.

명준이 떠난 뒤 은수는 연우에게 편지를 썼다. 명준을 향한 마음을 처음으로 연우에게 털어놓았다. 명준이 연성처럼 운동권 학생이라 쫓기는 몸이라는 것도 말했다. 그리고 명준이 돌아오면 함께 바이올린을 연주할 거라고도 했다.

은수는 명준이 생각날 때마다 그의 바이올린을 꺼내 손질했다. 송진 가루를 닦아 내고 몸통에 광택제를 발라 윤을 냈다. 그러고는 코에 대고 깊게 숨을 들이마셨다. 알싸한 송진 냄새와 시원한 나무 향기가 났다. 명준의 냄새가 희미했다.

연우는 곧 답장을 보내왔다. 어쩌면 너와 나는 이렇게 닮은 꼴이냐며 반색하는 목소리가 들리는 것 같았다. 연우는 오빠와 명준이 돌아오면 넷이 함께 버스킹을 하자고 제안했다. 은수는 가슴이 두근거렸다. 눈을 감고 넷이 호흡을 맞추며 연주하는 모습을 그려 보았다. 무슨 곡이 좋을까. 선생님이라면 어떤 곡을 연주할까. 왈츠라면 어떨까. 아름다운 선율의 슈베르트? 경쾌하고 발랄한 모차르트? 쇼스타코비치의 왈츠라면 연주를 듣는 사람들 모두가 좋아할 것이다. 명준과 함께라면 무엇이든 다 괜찮다. 어느덧 은수는 명준과 눈을 맞추며, 춤추듯 연주하고 있었다.

13 한밤의 손님

“연우야, 연우야.”

누군가 몸을 흔들며 속삭이는 소리에 연우는 번쩍 눈을 떴다. 3학년이 되고 전교 회장을 맡은 뒤로 매일같이 학교 행사며 학생회며 정신없이 쫓기다 보니, 파김치가 된 것 같았다. 눈을 감자마자 기절하듯 잠이 쏟아졌다.

“오…… 오빠?”

어둠 속에서 희미하게 떠오르는 낯익은 얼굴. 뜻밖에도 연성이었다.

“오빠!”

“쉿!”

연성이 황급히 연우의 입을 틀어막았다. 연우는 조용히 몸을 일으켰다.

"오빠, 언제 왔어?"

"잠깐 들른 거야. 가져갈 물건이 있어서. 너 보고 가려고."

"그럼 또 가야 돼?"

연우의 눈에 금세 눈물이 고였다.

"응, 오빠 올 때까지 잘 지내."

"안 가면 안 돼? 오빠."

연우가 연성의 목에 팔을 두르며 힘을 주었다. 연성이 가만히 웃으며 연우의 팔을 떼어 냈다. 연성의 몸에서 비릿한 비 냄새가 났다.

저녁부터 소나기가 쏟아지고 있었다. 감시를 피하려고 비 내리는 밤에 왔나 보다. 구둣발로 들이닥친 가죽점퍼의 얼굴이 떠올랐다. 또 집 앞 골목을 서성이던 낯선 남자도 어른거렸다. 연성이 반가웠지만 혹시 발각되는 게 아닌지, 두려움으로 몸이 떨렸다.

조심스럽게 방문이 열리며 엄마가 들어왔다. 숨죽이며 움직이는 게 느껴졌다.

"어서 가. 시간 없어."

엄마가 젖은 목소리로 나직하게 말했다. 책상 위 야광 시계는 새벽 3시 30분을 지나고 있었다. 연성은 연우를 가볍게 안아 주고는 일어섰다. 연우는 연성을 따라 고양이처럼 걸어서 방을 나왔다.

거실은 암흑처럼 캄캄하고 깊은 물 속처럼 고요했다. 불빛이 새어 나가지 않도록 두꺼운 커튼을 내려 꼭꼭 여며 놓은 거였다. 거실 소파에 아빠가 그림자처럼 앉아 있었다.

"아버지, 용서하세요."

연성이 아버지 앞에 먼 길을 떠나는 사람처럼 큰절을 올렸다.

"부디 몸조심해라."

아빠가 굳은 손으로 연성의 어깨를 잡아 일으켰다.

연성이 묵직한 배낭을 어깨에 짊어졌다. 중요한 물건이 들어 있는 것처럼 보였다.

"네가 괜찮을 때, 꼭 연락해라. 엄마 아빠가 도울 수 있는 일이라면, 뭐든 할 거야."

연성이 부모님을 향해 허리를 굽혔다.

"한번 안아 보자, 우리 아들."

엄마가 연성을 향해 팔을 벌렸다. 연성이 엄마를 마주 안았다. 연성의 두 팔에 앙상한 엄마의 작은 몸이 쏙 들어갔다.

가지 말라며 연성에게 매달리고 싶은 마음을 연우는 간신히 참았다.

연성이 소리나지 않게 현관문을 열었다. 따라 나가려는 연우를 엄마가 황급히 붙들어 눈짓으로 말렸다. 이윽고 가볍게 대문 닫히는 소리가 들렸다. 총총히 골목을 빠져나가는 연성이 눈앞에 그려졌다. 꿈인지 현실인지 헷갈렸다. 극성스럽게 쏟아지던 비가 조금씩 잦아들고 있었다.

"흑!"

한동안 망연히 서 있던 엄마가 터지는 울음을 참으려고 입을 막았다.

"걱정하지 말아요. 잘 해낼 거요."

아빠가 들썩이는 엄마의 어깨에 조용히 손을 얹었다.

"아빠, 무슨 일이에요?"

연성이 왜 자기 집에 도둑 걸음을 했는지, 이번에는 꼭 들어야겠다고 연우는 작정했다. 걸핏하면 어린애 취급하면서 자신에게만 숨기는 걸 더는 참을 수 없었다.

"연우, 넌 알 필요 없다."

예상대로 아빠가 단칼에 잘랐다.

"아빠, 저 어린애 아니에요. 열여섯 살이라고요. 저도 오빠가 걱정돼 죽겠어요."

연우가 반항하듯 소리를 높였다.

"목소리 낮춰라."

아빠가 낮게 꾸짖었다.

"여보, 이제 연우도 알아야 해요. 모른 채로 있는 게 더 불안할 거예요."

잠시 생각하던 아빠가 고개를 끄덕였다. 엄마가 연우를 이끌고 방으로 들어갔다.

며칠 뒤 연우는 은수에게 전화를 걸었다. 명준의 이야기를 들은 뒤부터 연우는 은수와 친구 이상으로 가까워졌다. 서로 같은 불안을 겪고 있다는 것, 그 하나만으로 끈끈한 연대감이 생겼다.

"연우야!"

은수도 연우의 전화를 기다리고 있었다.

"넌 요즘 어때?"

"그냥. 그럭저럭."

애어른 같은 말투로 은수가 무덤덤한 척 대꾸했다.

은수 역시 마음을 잡지 못하고 있었다. 원주를 떠난 명준은 그 후로 아무 소식을 전해 오지 않았다. 은수는 매일 조마조마한 마음으로 시위 소식에 귀와 눈을 열어 두었지만,

정작 텔레비전 하나 제대로 볼 수 없어 답답할 지경이었다. 얼마 전부터 지지직거리는 고물 텔레비전을 엄마는 일부러 그대로 두었다. 연습에 방해된다는 게 이유였다. 텔레비전은 그렇다 치고 흔한 일간 신문조차 구독하지 않는 엄마가 원망스러웠다.

"은수야, 명준 선생님은 아무 연락 없어?"

연우는 은수가 명준 때문에 얼마나 마음을 졸이고 있을지 알았다. 비슷한 처지라 은수가 어떤 마음일지 생생하게 느껴졌다.

"응."

은수가 힘없이 대꾸했다. 잠시 뜸을 들이던 연우는 누가 들을세라 아무도 없는 집 안을 둘러보았다. 그러고는 수화기를 가리며 입을 열었다.

"은수야, 있잖아. 우리 오빠 집에 다녀갔어."

"어, 정말? 아주 돌아온 거야?"

"그건 아니야. 새벽녘에 몰래 왔다가 바로 떠났어. 은수야, 들어 봐."

연우는 그날 밤, 엄마에게 들은 은밀한 이야기를 은수에게 털어놓았다. 그동안 연성이 대구에 있는 섬유 공장에 노동자로 위장 취업해 있었다는 것, 그곳에서 함께 일하던 친구가 기계에 눌려 크게 팔을 다쳤다는 것, 그런데도 수배 중이라 병원에 갈 수 없어서 연성이 위험을 무릅쓰고 집에 들렀던 일을 말했다. 그날 밤 연성이 배낭 가득 짊어지고 간 것은 부모님이 챙겨 준 의약품이었다.

"세상에, 오빠는 괜찮아?"

"그날은 괜찮아 보였어. 하지만 모르지. 무사하기를 바랄 수밖에. 엄마 아빠도 다른 말을 안 하셔. 날마다 기도만 하시는 것 같아. 기도밖에 할 수 없다는 게 너무 답답해."

연우는 눈시울이 뜨거워지고 목이 잠겼다.

은수는 콧등이 시큰해졌다.

"나도 날마다 기도하고 있어."

"어휴, 세상이 뭐 이러니? 나라가 어떻게 되려고."

연우가 어른 같은 말투로 한탄했다.

"그러게, 참 엿같은 세상이야."

"어라? 너 그런 말도 쓸 줄 알아?"

뜻밖이라는 듯 연우가 되물었다.

"쳇, 그럼 아니야? 마음 같아서는 막 욕도 하고 싶어."

은수가 되받아쳤다.

"하긴. 나도 그래. 은수야, 뭐 이런 미친 세상이 다 있어. 명준 선생님이나 우리 오빠가 하는 일은 옳은 일이야. 안

그래?"

새삼 연우의 목소리에 힘이 들어갔다.

"아빠가 그랬어. 결국엔 옳은 일이 이긴다고. 그러니까 꼭 이길 거야."

"맞아. 나도 그렇게 생각해. 너희 오빠랑 우리 선생님, 꼭 무사히 돌아올 거야."

잠자코 듣고 있던 은수도 힘주어 말했다.

"은수야, 너 언제까지 선생님이라고 할 거니?"

"응?"

"또 또, '응' '응'이다. 아이고 참, 김은수 답 없다."

"무슨 소리야?"

"장명준 선생님, 대학생이잖아. 나이도 우리 오빠하고 비슷할 거고. 그러니까 이제부터 오빠라고 해, 명준 오빠! 선생님 선생님 하니까 너무 아저씨 같잖아."

어느덧 연우는 유쾌하고 장난스러운 말투로 돌아왔다.

"참, 난 또 무슨 말이라고."

은수는 헛웃음을 지었다. 하지만 생각해 보니 연우의 말은 틀린 게 없었다. 오빠…… 명준 오빠. 은수는 입속으로 오빠라는 단어를 여러 번 굴려 보았다. 마음이 포근해졌다.

14 그날

아현동 은수의 외가는 외할아버지의 칠순 잔치로 북적였다. 큰방에 교자상이 놓였고, 잡채며 전, 떡, 불고기 같은 음식들이 그득하게 차려졌다. 새 한복을 곱게 차려입은 할아버지 앞으로 자손들이 순서대로 나가 절을 올리고, 건강과 장수를 바라는 덕담을 건넸다. 음식을 나누며 잔치 분위기가 한창 무르익어 갈 무렵이었다. 엄마가 친척들의 시선을 모으며 자랑스럽게 목소리를 높였다.

"우리 은수가요, 8월에 세종문화회관에서 연주해요. 콩쿠르 본선에 나가거든요."

'세종문화회관'이라는 말에 식사를 하던 친척들의 눈이

일제히 은수와 엄마에게 쏠렸다. 가장 먼저 호들갑스럽게 반응을 보인 사람은 외숙모였다.

"세상에! 세종문화회관에서요? 대단하다, 은수야."

"지난번 예선도 만만치 않았어요. 전국 음악 영재들이 다 모였더라고요."

올해 예선은 작년과 다르게 지역별로 치러졌다. 은수가 참가했던 강원도 예선에서는 중등부 참가자 열두 명 중에서 단 두 명만 통과했다. 만만한 경선이 아니었던 건 맞지만, '음악 영재'라는 말은 엄마의 오버였다. 은수는 당황해서 얼굴이 붉어졌다.

"아가씨, 은수 전공시킬 거예요?"

작은외숙모의 말투에는 음악 공부를 뒷받침할 그 많은 돈은 어쩌려나, 비웃는 속내가 묻어 있었다.

"그럼요. 뼈를 갈아서라도 시켜야죠. 타고난 재능이 있는데."

엄마는 할아버지 쪽으로 눈길을 돌리며 '뼈를 갈아서라도'에 힘을 주어 말했다. 은수는 뒤늦게 엄마의 의도를 알아채고는 속으로 혀를 찼다. 엄마는 할아버지의 칠순을 축하하려고 여기 있는 게 아니었다. "아버지, 보셨지요? 난 이렇게 해요. 부모라면 당연한 거잖아요."라고 말하고 싶은 거였다. 엄마는 할아버지의 반대로 끝내 꿈을 펼치지 못했던 억울함을 다시 꺼내 위로받고 싶은 듯했다. 그렇다 해도 엄마는 어떻게 저런 말을 딸 앞에서 서슴없이 내뱉을 수 있을까. 뼈를 갈겠다니. 은수는 가슴에 묵직한 돌덩이 하나가 얹히는 느낌이었다.

"오! 은수가 확실히 이미영을 닮았네."

작은외삼촌이 엄마 이름까지 꺼내며 한껏 추켜세웠다.

"우리 은수, 장하다. 앞으로 자주 보자꾸나."

고모할머니가 은수의 등허리를 토닥였다. 그때 할아버지가 엄마에게 일침을 놓듯 말했다.

"그래, 김 서방한테는 연락했냐?"

느닷없는 할아버지의 말에 방 안은 찬물을 끼얹은 듯 조용해졌다. 은수는 눈치 없이 아빠 얘기를 꺼내는 할아버지가 미웠다. 엄마는 얼굴이 굳어져서 입술을 뾰족하게 내밀었다.

"지금 김 서방 얘기를 왜 해요? 아버지는 내가 그 인간하고 쭉 살았으면 좋겠어요?"

"그럼 이혼이 자랑이냐?"

할아버지가 역정을 냈다.

"아이고, 오빠는 애도 있는데 말을 해도 그렇게 해요."

고모할머니가 은수의 눈치를 보며 할아버지에게 핀잔을 주었다. 엄마는 참지 못하고 대들었다.

“아버지가 언제 내 편에 서서 생각해 본 적 있어요? 나 싫다며 젊은 여자랑 바람난 남자를 참고 살아야 해요? 난 그렇게 못해요. 대학도 그래요. 내가 그렇게 음대에 가고 싶어 했는데……. 다 아셨잖아요.”

“어째, 너는 어미가 돼서 너만 생각하냐? 은수는 생각 안 해? 은수가 무슨 죄냐? 아비 없이 자라는 게 안쓰럽지도 않아?”

갑자기 불똥이 은수에게 튀었다.

“하, 그래서 아버지는 딸에게 그렇게 했어요? 자식 마음을 그렇게 잘 아셨어요?”

은수는 귀를 막고 싶었다. 엄마와 할아버지는 늘 이런 식이었다. 엄마는 지난 일을 원망했고, 할아버지는 한 치 양보도 없었다. 영원한 평행선이었다. 은수는 불편했다. 엄마와 할아버지의 팽팽한 줄다리기에 자신이 끼인 것도 짜증났고, ‘아비 없이 자라는’이라는 말은 더 듣기 싫었다. 아빠? 솔직히 기억 속에 남아 있는 아빠는 정답지 않았다. 엄마와 다투는 모습, 술에 취한 모습, 은수를 바라보는 절망스러운 눈동자가 또렷이 기억났다. 아빠는 은수를 어떻게 처리해야 할지 모를 부담스러운 짐으로 여겼다. 어리지만 알 수 있었다. 아빠가 하루빨리 지옥 같은 집에서 탈출하고 싶어 한다는 것을.

은수는 슬그머니 일어나 밖으로 나왔다. 뺨을 타고 흐르는 눈물을 주먹으로 닦았다.

"어디 가?"

경민이 따라 나오며 입술로만 물었다. 큰외삼촌의 아들인 경민은 은수보다 네 살 위였다. 여러 명의 외사촌 중에서 그나마 은수에게 살가웠다.

"그냥. 세종문화회관에 가 보려고."

불편한 자리를 피하고 싶었을 뿐인데, 생각지도 않은 말이 툭 나왔다. 서울에 온 김에 본선이 열리는 세종문화회관을 가 보자고 한 사람은 엄마였다.

"같이 가자."

경민이 급하게 운동화를 꿰신었다. 은수가 황급히 혼자 갈 수 있다고 손사래를 쳤다.

"네가 몰라서 그러는데, 요즘 그쪽이 좀 위험해."

경민이 이맛살을 살짝 찡그리며 덧붙였다.

"날마다 시위하느라 시끄러워."

'아! 시위.'

은수는 반사적으로 명준이 떠올랐다. 어쩌면 명준을 만날지 모른다는 기대감이 차올랐다. 두근거리는 심장을 가만히 눌렀다.

“오빠, 빨리 가.”

은수는 허둥지둥 신발을 신고 대문을 나섰다. 경민이 어리둥절한 표정으로 뒤따라 나오며 은수의 팔을 잡아챘다.

“야, 너 말귀를 못 알아들어? 거기 위험하다고.”

“그러니까 빨리 가 보려고. 위험해지기 전에.”

은수는 서둘러 둘러댔다. 경민이 고개를 절레절레 흔들더니 말없이 은수의 뒤를 따라 걸었다. 명준은 지금쯤 어떻게 지내고 있을까. 시위대에 앞장서 있을까. 전경들이 물대포를 쏘며 최루탄을 마구 쏘아 댄다는데 행여 다치지 않았을까. 아니면 연우 오빠처럼 경찰을 피해 숨어 지낼지도 몰라. 그러느라 전화 한 통 못 하고 있을 거야. 그동안 상상해 보았던 여러 장면이 한꺼번에 몰려들며 은수의 머릿속을 마구 헝클어 놓았다.

잰걸음으로 걸었더니 어느덧 지하철 입구가 보였다. 서둘러 발걸음을 옮기던 은수는 신문 가판대 앞에서 우뚝 걸음을 멈추었다. 신문 1면을 가득 채우고 있는 한 장의 사진! 쓰러질 듯 늘어져 있는 젊은 남자, 피로 얼룩진 얼굴, 헝겊

마스크를 두르고 남자를 부축하는 다른 남자. 티셔츠에 새겨진 영문자 'YONSEI'. 시위하다가 다친 연세대학교 학생이었다.

"오빠, 잠깐만."

은수는 앞서가는 경민을 급하게 불러 세우고 신문 하나를 뽑아 들었다. 알싸한 잉크 냄새가 강하게 코를 자극했다. 은수는 사진 속 얼굴을 자세히 들여다보았다. 사진 밑에는 '최루탄을 맞고 쓰러진 대학생을 옮기는 학생들'이라는 설명이 짧게 붙어 있었다. 은수는 쓰러진 대학생이 명준이 아니라는 사실에 가슴을 쓸어내렸다. 그러나 곧 눈앞이 뿌예지며 신문을 들고 있던 손이 부들부들 떨려 왔다. 경민이 가판대 주인에게 동전을 내밀어 신문값을 치렀다.

"나쁜 놈들!"

경민은 신문을 쭉 훑더니 이를 갈며 욕을 내뱉었다. 그러고는 바지 주머니에 신문을 구겨 넣었다.

"너 괜찮아?"

경민이 핏기가 사라진 은수의 얼굴을 걱정스럽게 내려다봤다.

"어…… 어. 괘…… 괜찮아."

은수가 쥐어짜듯 대답했다.

"이런, 충격을 받은 모양이네. 안 되겠다. 그냥 돌아가자."

경민의 말에 은수는 강하게 도리질했다.

"나 참! 세종문화회관에 가 보는 게 그렇게 중요한 거야?"

경민이 인상을 쓰며 목소리를 높였다. 은수는 대답 없이 계단을 내려섰다. 풀려 버린 다리에 간신히 힘을 모아 계단 하나하나를 밟았다.

지난봄에는 박종철이라는 서울대 학생이 물고문을 당하다가 사망했다는 소식을 들었다. 경찰은 ''탁' 치니 '억' 하고 죽었다.'라는 도저히 납득할 수 없는 발표로 사건을 덮으려 했다. 뉴스에 관심이 없는 사춘기 여중생들 사이에서도 이 사건은 화제가 되었다. 개중에 생각 없는 아이들이 친구의 뒤통수를 '탁' 치고는 '억' 하고 죽는 장난을 하다가 핀잔과 비웃음을 사기도 했다. 텔레비전도 신문도 볼 수 없는 은수에게 그 소식을 가장 먼저 알려 준 건 연우였다.

'물고문'이라니. 충격이었다. 그게 어떤 건지 상상조차 되지 않았다. 그저 끌고 가서 시위를 못 하게 가둬 놓는 줄만 알았는데, 고문을 해 죽일 수도 있다고 생각하니 머릿속이 하얗게 비워졌다. 명준은 지금 어디서 뭘 하고 있을까. 신문 속 사진의 쓰러진 학생과 같이 있었던 건 아닐까. 은수는 마음속으로 간절히 빌었다. 제발 다치지 마세요, 선생님.

"오빠, 오늘도 광화문에서 시위가 벌어질까?"

은수는 넋이 나간 채로 경민에게 물었다. 만일 그렇다면 더는 지체할 수 없었다. 일분일초라도 빨리 시위장으로 달려가야 했다. 명준을 찾을 절호의 기회가 될지도 모르는 일이었다. 운이 좋으면 명준과 마주칠지도 모른다. 비록 만나지 못하더라도 은수는 명준이 있는 곳에 함께 있고 싶었다.

"글쎄, 가 봐야 알지. 너 이래도 갈 거야?"

은수가 마른 입술을 깨물며 강하게 고개를 끄덕였다.

"시위가 없어야 세종문화회관이든 뭐든 돌아볼 수 있을 텐데."

은수의 속마음을 모르는 경민은 시위가 있기 전에 빨리 다녀오자며 걸음을 재촉했다.

지하철은 사람들로 붐볐다. 경민은 주머니에 구겨 넣었던 신문을 다시 펼쳐 들었다. 경민처럼 신문을 읽고 있는 사람들이 많았다. 하나같이 근심스러운 표정이었다. 은수는 경민의 어깨 너머로 신문을 보았다. 그러나 기사는 한자가 많아서 읽기가 어려웠다. 진즉에 한자 공부 좀 할걸. 후회가 밀려왔다.

시청역에서 광화문 쪽으로 가는 길은 뜻밖에 조용했다.

오가는 사람도, 도로의 차도 많지 않았다. 늘 북적이던 광화문 네거리가 이렇게 한산하다니. 어쩐지 폭풍 전야 같은 으스스한 공기가 감돌았다. 은수는 경민의 옆으로 바투 다가서서 걸었다. 알 수 없는 불안감으로 살이 떨렸다. 조금 걷자니 어디선가 삐익, 삐익 호루라기 소리가 요란하게 울리기 시작했다. 웅성거림과 동시에 방패와 방독면으로 무장한 전투경찰들이 빠르게 도로를 겹겹으로 에워싸기 시작했다. 그들은 방패와 방패를 잇대어 지나가려는 사람들을 막았다.

은수와 경민은 꼼짝없이 걸음을 멈출 수밖에 없었다. '젠장, 또 데모야?', '이놈의 정권, 해도 해도 너무하네!' 여기저기서 불만 섞인 목소리가 터져 나왔다. 그때였다. 어디선가 청년들이 하나둘 모여들더니, 순식간에 개미 떼처럼 까맣게 차도를 점령했다. 대학생 시위대였다. 하나같이 짙은 색 티셔츠에 청바지를 입고, 넓은 도로에 열과 행을 맞춰 앉았다. 그 모습이 어찌나 일사불란한지 마치 잘 훈련된 군대가 열병식을 준비하는 것 같기도 하고, 재난 영화의 한 장면처럼 비현실적이기도 했다.

순간 사방이 고요해졌다. 발길이 묶인 행인들도 숨을 죽였고 경찰도 움직이지 않았다. 6월의 햇살은 어느새 구름에 가려졌고 싱그럽던 바람마저 자취를 감추었다. 은수는 저도 모르게 숨을 삼켰다. 경민 역시 놀란 눈으로 주위를 두리번거렸다. 차도 위에 열을 지어 앉은 대학생들이 약속이나 한 듯 주먹을 치켜들었다. 곧, 낮고 묵직한 노랫소리가 흘러나왔다.

우리의 소원은 민주

꿈에도 소원은 민주

은수가 국민학생 때 배웠던 동요에 노랫말을 바꾼 거였다. 굵은 베이스 톤의 묵직한 떼창이 바닥으로 깔리며 장엄한 분위기가 연출되었다. 말로 표현하기 어려운 비장함이었다. 그들을 에워싸고 있는 전투경찰도 긴장의 끈을 놓지 않고 숨을 죽이고 있었다. 금방이라도 무슨 일이 터질 것 같은 팽팽한 순간이었지만, 학생들은 미동도 하지 않고 주먹으로 반동을 주며 노래만 불렀다. 그들의 노랫소리는 공기를 가르며 머리부터 발끝까지 파고들어 심금을 울리고, 오금을 떨리게 했다. 도대체 '민주주의'가 뭐길래 저토록 간절히 외치는 걸까. 은수는 마른침을 꿀꺽 삼키며 주먹을 꽉 움켜쥐었다. 그리고 언제부터인지 은수와 경민도 시위대와 함께 노래를 부르고 있었다.

이 나라 살리는 민주

민주를 이루자

시위대의 노랫소리는 계속 이어지며 점점 강한 포르티시모로 바뀌어 갔다. 은수의 가슴이 뭉클해지며 눈시울이 뜨거워졌다. 한동안 이어지던 노래는 이윽고 다른 노래로 바뀌었다.

'어! 이 노래는…….'

은수는 온몸에 전율을 느꼈다. 지난봄 연우가 연세대학교 강당 앞에서 첼로로 연주했던 바로 그 곡이었다. 멜로디가 기억에 남아서인지 노랫말이 또렷하게 귓속을 파고들었다.

긴 밤 지새우고 풀잎마다 맺힌

진주보다 더 고운 아침이슬처럼

가슴이 뜨거워졌다. 떨리는 감정을 주체할 수 없어 은수는 경민의 팔을 꽉 움켜잡았다. 경민의 팔도 가늘게 떨리고 있었다. 한동안 노래를 부르던 학생들이 일제히 자리에서 일어나 큰소리로 구호를 외쳤다.

"호헌 철폐!"

"독재 타도!"

언젠가부터 은수는 '호헌 철폐'라는 말의 뜻을 알고 있었다. 군부 독재의 기득권을 지키려는 헌법, 즉 대통령 간접 선거제를 폐지하고 직접 선거제로 바꾸어야 한다는 뜻이었다. 대학생들의 함성은 푸른 하늘을 가르고, 멋모른 채 발걸음이 묶인 행인들의 가슴을 울렸다. 어느 틈에 군중 속에서도 구호가 울리기 시작했다. 호헌 철폐, 독재 타도. 은수와 경민도 한목소리로 외쳤다. 그러는 사이 생각지도 않은 놀라운 일이 벌어졌다. 어디선가 양복 입은 어른들이 구름처럼 몰려들기 시작한 거였다. 하나같이 하얀 와이셔츠에 넥타이를 맨 직장인들이었다. 그들도 시위대처럼 손뼉을 치며 굵직한 목소리로 구호를 외쳤다.

"호헌 철폐!"

"독재 타도!"

시간이 지날수록 구호의 외침은 점점 더 커졌다. 세상을 집어삼킬 듯이 외침은 거세졌다. 성난 파도의 물결이었다.

휘이익!

갑자기 가늘고 날카로운 소리가 귀청을 찢었다. 그와 동시에 '펑, 펑!' 요란한 소리가 났다. 학생들을 향해 쏜 최루탄이 쉴 새 없이 날아왔다.

"얼른 피해."

경민이 은수 손목을 잡아채고 뒤돌아 뛰기 시작했다. 둘은 사람들에 휩쓸려 시청역 쪽으로 있는 힘을 다해 뛰었다. 뒤를 돌아보니 전쟁터가 따로 없었다. 전투경찰과 학생들이 마구 뒤엉키고, 화염병과 최루탄이 터지고, 물대포가 쏟아졌다. 은수는 손바닥으로 입을 틀어막았지만 눈물과 콧물이 뒤섞여 앞이 보이지 않았다. 작년 여름, 콩쿠르 예선을 치르러 서울에 왔을 때 경험했던 최루탄 가스와는 차원이 달랐다. 눈을 뜨지 못할 만큼 쓰리고, 찢어지는 것처럼 목이 따가웠다. 독가스가 이럴까. 이대로 죽겠구나 싶을 정도로 지독했다. 은수는 숨이 끊어질 듯 달렸다.

그런데 어느 순간 도로 위에 멈춰 있던 자동차와 버스가 일제히 경적을 울려 댔다. 최루탄이 터지는 가운데서도 어떤 사람들은 차창을 내린 채 태극기를 흔들었다. 또 어떤 사람들은 하얀 손수건을 마구 흔들고 있었다. 그들 역시 독재 정권에 항의하며 시위 학생을 지지하는 거였다. 은수의 눈에서 걷잡을 수 없이 뜨거운 눈물이 흘러내렸다. 최루탄 때문만은 아니었다. 가슴 깊은 곳에서부터 끓어오르는, 무자비한 독재 정권에 대한 분노와 명준에 대한 그리움이었다.

"뭐 해? 빨리 와."

눈물 콧물 범벅이 되어 망연히 서 있는 은수를 경민이 날쌔게 잡아끌었다. 시청역으로 연결된 지하도로 내려와서야 은수는 겨우 막힌 숨을 틔울 수 있었다. 전쟁터에서 죽다 살아온 것 같았다.

"하악하악."

은수와 경민은 허리를 접으며 가쁜 숨을 몰아쉬었다. 곧 지하도로 사람들이 물밀듯이 몰려들었다. 은수와 경민은 인파에 밀려 간신히 개찰구를 통과해 플랫폼에 섰다. 하지만 지하철은 십 분이 지나고 이십 분, 삼십 분이 지나도 오지 않았다. 어떻게 된 연유인지 안내 방송조차 나오지 않았다.

"어떡하지?"

경민이 난감한 얼굴로 은수를 바라보았다. 은수 역시 넋이 나간 표정으로 경민을 바라보았다. 그러다가 횡설수설 덧붙였다.

"오빠, 어떡해. 잡히면 어떡해. 죽으면…… 다치면 어떡해."

은수의 눈에서 굵은 눈물이 뚝뚝 떨어졌다.

15 사필귀정

6월이 다 가도록 시끄러운 세상은 잠잠해질지 몰랐다. 평범한 대학생이 최루탄을 맞고 쓰러져 의식 불명이라는, 사망할지도 모른다는 기사가 봇물 터지듯 쏟아졌다. 또 학생들은 물론 넥타이 부대라 일컬어지는 직장인들까지도 시위에 가세했다는 기사가 신문 앞면을 장식했다. 두 사건은 성난 민심에 기름을 부은 격이 되어 언제 터질지 모르는 용광로처럼 들끓었다. '박종철을 살려 내라! 한열이를 살려 내라!'는 외침이 텔레비전 화면을 뚫고 나올 것처럼 힘차고 옹골찼다. 모두가 함께 분노하고 있었다. 정치에 관심 없던 은수의 엄마도 박종철과 이한열을 들먹이며 눈시울을 붉혔다. '학생들이 공부는 하지 않고.'에서 '오죽하면 학생들이 저럴까.'로 뉴스를 보고 난 반응이 바뀌었다.

그날 광화문에서 시위를 목격한 뒤로 은수는 마음이 가라앉지 않았다. 벅찬 감정이 되살아나서 쉽사리 잠들지 못했다. 등하굣길에도 일부러 동네 슈퍼에 들러 텔레비전 뉴스에 귀를 기울였고, 주인집으로 배달된 신문을 눈치껏 살펴보기도 했다. 초조한 눈빛으로 거리 신문 가판대를 기웃거리는 건 일상이 되어 있었다. 뉴스 화면에 비치는 대학생들 하나하나가 명준처럼, 때론 얼굴조차 모르는 연성처럼 보였다. 하지만 다행인지 불행인지 명준의 소식은 여전히 감감했다.

6월 29일은 월요일이었다. 은현여중은 월말고사 첫날이라 아침부터 팽팽한 긴장감이 감돌았다. 은수는 예상 밖으로 시험을 잘 봤다. 전날 밤에 벼락치기 했던 내용이 신기하게도 족집게처럼 적중했다. 3학년 성적은 입시에 크게 영향을 미친다. 예고를 가든 일반고를 가든 중요한 시험을 잘 치렀으니 홀가분했다. 시험을 잘 봤네, 망쳤네, 떠들던 아이들은 종이 울리자 썰물처럼 교정을 빠져나갔다.

모처럼 가벼운 마음으로 집에 온 은수는 오랜만에 바이

올린을 잡았다. 그동안 마음이 혼란스러워 도통 연습에 집중하지 못했었다. 콩쿠르를 앞두고 지정곡을 외워야 했지만, 시험을 핑계 삼아 계속 미루고 있었다. 줄을 조율하고 손을 풀 겸 좋아하는 쇼스타코비치의 왈츠를 연주해 보려 했다. 하지만 활을 제대로 켜 보기도 전에 멈춰야 했다. 바이올린과 함께 명준의 얼굴이 눈앞을 가로막았기 때문이다. 그제야 은수는 자신이 왜 연습을 못하고 있는지 깨달았다. 바이올린과 명준은 이제 은수에게 떼려야 뗄 수 없는 하나였다.

'선생님!'

명준에게 무슨 사연이 있었는지는 중요하지 않았다. 궁금하지도 않았다. 지금 은수에게 가장 간절한 건 명준이 다치지 않고 무사히 돌아오는 것이었다.

은수는 조용히 눈을 감고 기도하듯 바이올린을 들었다. 명준과 함께 연주했던 헨델과 바흐의 선율이 머릿속을 스쳐 지나갔다. 웃던 얼굴, 집중하던 눈빛, 함께했던 시간이 영화처럼 아름답게 편집되어 흘러갔다. 은수는 깊은 호흡으로 마음을 가다듬은 다음 명준과 함께 연주했던 곡을 켜기 시작했다. 선율을 따라 명준이 웃다가 울었다. 연주를 거듭할수록 아름답던 기억은 아픈 장면으로 바뀌고 말았다.

마치 영화 속 비극의 여주인공이 된 것처럼 가슴이 저렸다. 어느덧 은수의 눈가가 촉촉해졌다.

"아이참, 바보 같이."

은수는 눈가를 주먹으로 훔치며 자신을 나무랐다. 기분을 환기할 무언가가 필요했다. 그러다가 번득 익숙한 멜로디가 뇌리를 스쳤다. 『아침이슬』. 연세대학교 강당 앞에서 연우가 첼로로 연주했던 곡. 시위 현장에서 웅장하게 퍼졌던 선율. 혹시 그날 명준도 그곳 어딘가에서 이 노래를 불렀을까. 걷잡을 수 없는 생각에 은수는 명준에게 마음을 전하고 싶어졌다. 기억나는 대로 더듬더듬 음을 골랐다. 멜로디가 단순해서 기억할 수 있었다. 몇 차례 음을 고르다가 이윽고 비브라토와 셈여림으로 감정을 살렸다. 연주를 거듭하자, 그날의 이미지가 선명하게 되살아났다. 찬란하게 빛나던 햇살, 서늘한 기운, 그리고 주먹을 쥐고 노래하던 수많은 얼굴들. 은수의 가슴이 뜨거워졌다.

"아, 정말!"

감정을 추스르지 못하고 은수는 거실을 서성였다. 견딜 수 없이 가슴이 답답해졌고 숨이 막혔다. 연주 소리가 밖으로 흘러 나갈까 봐 창문을 꼭꼭 닫아 둔 탓에 거실은 찜통 같았다. 은수는 창문을 있는 대로 활짝 열어젖혔다. 뭉근하게 고여 있던 더운 공기가 빠져나가고 제법 시원한 바람이 들어왔다. 그리고 바람과 함께 실려 온 노랫소리에 은수는 귀가 번쩍 띄었다. 후다닥 발코니로 나와 아래층을 향해 허리를 숙였다. 뜻밖에도 주인집 막내아들 현민이었다.

지난겨울 현민은 서울에 있는 명문 대학 법학과에 합격했다. 긴장과 불안으로 무겁게 가라앉았던 주인집 분위기는 현민의 합격으로 단박에 들썩였다. 아줌마는 은수네를 불러 삼겹살 파티까지 열었다. 그날 처음으로 은수는 현민을 제대로 볼 수 있었다. 현민은 서울 명문 대학에 합격해서 그런지 자신감이 넘쳐 보였다.

"현민아, 넌 절대로 데모 같은 건 하면 안 된다. 그저 공부 열심히 해서 하루라도 빨리 사법 시험에 붙어야 해."

아줌마는 현민의 밥숟가락에 노릇하게 구워진 삼겹살을 얹으며 단단히 당부했다. 아저씨 역시 천번 만번 옳은 말이라며 맞장구쳤다.

"만일 데모에 휩쓸리면 그날로 호적에서 파 버릴 거다. 알았지?"

아저씨는 단호하게 엄포를 놓았다. 현민은 효자답게 그러겠다며 머리를 조아렸다. 그런 현민이 지금 심상치 않은 노래를 부르고 있는 게 아닌가.

'아!'

은수의 입에서 신음이 흘러나왔다. 머릿속으로 찌릿 전율이 일었다. 분명히 그날 광화문에서 들었던 그 노래다. 시위대가 굵직한 베이스로 떼창을 해서 노랫말은 명확하게 알아들을 수는 없었지만 멜로디만큼은 또렷했다. 늠름한 사자가 거친 광야를 한 발 한 발 내딛는 듯한 비장함에 가슴이 서늘했던 그날의 기억이 또렷하게 되살아났다.

우리 어찌 가난하리오

우리 어찌 주저하리오

공부하다가 지친 현민이 한밤중에 나와 줄넘기를 하던 화단 앞이었다. 거기서 현민이 그날의 대학생들처럼 주먹을 흔들면서 목청껏 노래를 부르고 있었다. 투박한 현민의 목소리가 은수의 귓전을 파고들었다. 도서관에 박혀 공부만 한다는 모범생이 어쩐지 달리 보였다. 노래를 마친 현민이 마침내 두 팔을 번쩍 들어 올리며 독립 만세를 부르듯 소리쳤다.

"만세! 민주 대한민국 만세!"

현민의 외침이 좁은 마당을 크게 울렸다. 그런데도 주인아저씨는 아무런 반응을 하지 않았다. 평소 같았으면 즉각 달려 나와 현민의 멱살이라도 잡을 일이었다.

"오빠!"

은수는 이상한 마음에 조심스럽게 현민을 불렀다. 현민이 몸을 돌려 발코니에 서 있는 은수를 올려다보았다.

"은수야, 해냈어. 우리가 해냈다고."

현민은 전에 없이 밝은 얼굴로 힘차게 소리쳤다. 동시에 거실에서 요란하게 전화벨이 울렸다. 혹시나 하는 마음에 은수는 나는 듯이 달려가 전화기를 들었다.

"여보세요?"

명준일까. 손이 떨려서 은수는 전화기를 꽉 잡았다.

"은수야!"

전화기 속에서 연우의 목소리가 튀어나왔다. 기대감에 부풀었던 은수의 어깨가 푹 꺼졌다. 연우의 전화가 반갑지 않은 것은 아니었다. 은수는 실망한 기색을 들키지 않으려고 목소리를 한껏 밝게 냈다.

"연우야! 오랜만이야. 잘 지냈어?"

"너 소식 들었어? 우리가 이겼어. 우리가 해냈다고."

은수는 어안이 벙벙해졌다. 방금 현민이 한 말을 연우가 똑같이 하고 있었다.

"무슨 일인데 그래? 뭘 이겼다는 거야?"

"너 아직 모르는 거야? 얼른 텔레비전 틀어 봐. 노태우가 항복 선언했어. 마침내 우리가 이겼다고. 우리 오빠가 옳았어, 옳았다고."

흥분한 연우의 목소리가 전화기 속에서 방방 튀었다.

강철 같던 무소불위의 군사 정권이 대학생들에게 무릎을 꿇었다고? 은수는 믿기지 않았다. 그런데도 심장은 쿵쿵 요동치고 숨이 차올랐다.

"여, 연우야, 잠깐만. 이따가 다시 전화할게."

은수는 급하게 전화를 끊고 아래층 마당으로 달려 내려갔다.

"오빠, 알고 있었어? 정말 학생들이 이겼어?"

"아, 참! 너희 집에 텔레비전 없지? 이리 와, 네가 직접 봐."

현민이 은수를 데리고 집 안으로 들어갔다. 주인아저씨가 목이 늘어진 러닝셔츠 바람으로 소파에 앉아 있었다. 눈이 텔레비전 화면에 고정되어 있었다. 은수가 인사해도 들리지 않는 모양이었다.

친애하는 국민 여러분!

저는 이제 우리나라의 장래 문제에 굳은 신념을 가지게 되었습니다.

(중략)

여야 합의 하에 조속히 대통령 직선제 개헌을 하고, 새 헌법에 의한 대통령 선거를 통해 88년 2월 평화적 정부 이양을 실현토록 해야 하겠습니다.[11]

화면 속에서 침통한 표정으로 말하는 사람은 노태우라는 사람이었다. 민주 정의당 대표, 차기 대통령 후보로 지목된 사람! 텔레비전 화면 하단에 '직선제 개헌, 평화적 정권 이양'이라는 자막이 쉬지 않고 흘렀다. 시위대에 가담하면 호적에서 파 버리겠다며 현민을 을러대던 주인아저씨는 입맛을 쩝쩝 다셨다.

"허허, 참 나. 쩝."

아저씨의 입에서 정체를 알 수 없는 신음이 연이어 흘러나왔다. 은수는 한동안 입을 벌린 채 텔레비전 화면에서 눈

---

11) 출처: 「노태우 대표 특별선언」, 국가 기록원 기록 정보 서비스.

을 떼지 못했다. 하지만 몇 번을 다시 들어도 내용이 쉽게 이해되지 않았다.

"오빠, 무슨 말인지 잘 모르겠어."

"드디어 전두환 정권이 항복한 거야. 민주화 운동을 한 대학생들이 이겼다는 말이지. 이번 연말에 치러지는 선거에서 국민이 대통령을 직접 뽑을 수 있다는 말이야."

"그럼 이제 시위가 끝난 거야?"

"일단은! 전두환 정권의 항복을 받아 냈으니까. 그래도 아직 마음 놓으면 안 돼. 앞으로 어떻게 할지 두고 봐야지."

"항복하면 다 끝난 거 아니야?"

알쏭달쏭한 말에 은수는 현민을 빤히 바라보았다.

"어휴, 노태우는 완전히 전두환 졸개잖아. 다 한통속이야. 전두환이 직접 나서지 않고 노태우가 나선 것도 이상하고. 다음에 저 사람이 대통령 되면 안 되는데."

현민이 불만 섞인 말을 쏟아냈다. 그래도 아저씨는 현민을 나무라지 않았다. 오히려 현민의 말에 귀를 기울이고 있었다.

"그래도 국민이 이긴 거 맞잖아. 헌법도 바꾸고, 대통령도 국민이 직접 뽑는다는 거지?"

은수가 확인하듯 다시 물었다.

"그래, 맞아. 국민이 이긴 건 맞아. 일단 다 같이 축하하자."

현민이 화끈하게 답하며 환하게 웃었다. 그제야 은수는 마음이 놓였다.

마침내 절대 권력을 가진 군부 독재가 국민 앞에 무릎을 꿇었다. 은수의 심장이 세차게 뛰기 시작했다. 은수는 자리에서 벌떡 일어났다. 도저히 그대로 앉아 있을 수 없어서였다. 어디든 밖으로 나가 목청껏 외치고 싶었다. 선생님, 드디어 이겼어요!

은수는 대문을 박차고 밖으로 나왔다. 발걸음이 둥둥 떠올랐다. 골목 끝 은현슈퍼 유리문에 사자성어를 적은 종이가 바람에 나부꼈다.

事必歸正

'사필귀정!' 모든 일은 반드시 옳은 방향으로 귀결된다. 과연 맞는 말이었다. 은수는 글귀를 마음에 새기며 고개를 끄덕였다.

큰 도로에 가까워지자 확 달라진 분위기가 느껴졌다. 가판대에 무더기로 쌓여 있는 호외 신문이 빠르게 줄어들었고, 기사를 읽은 사람들은 신문을 하늘로 던지며 만세를 불렀다. 서로 얼싸안는가 하면 손뼉을 치며 환호성을 지르는 사람도 많았다. 얼마 전 86 아시안 게임 때처럼 서로 어깨를 겯고 벅찬 기쁨을 나누는 사람들로 가득했다. 사거리 복다방 유리문에는 '기분이다! 오늘 찻값은 무료!'라는 종이가 붙어 있었다. 모두 이렇게 갈망하고 있었구나! 은수는 울컥 가슴이 차올라 목이 메었다. 거리로 나가 시위에 동참하지 않았어도 온 국민이 같은 마음으로 외치고 있었다. 민주주의를 부르짖는 대학생들의 함성에 귀를 기울이고, 마음으로 응원하고 있었다.

"우리 오빠가 옳았어. 오빠 말이 다 맞았다고."

연우의 목소리가 들리는 듯했다. 은수가 갑자기 크게 외쳤다.

"선생님이 옳았어요!"

어디선가 명준이 환하게 웃으며 나타날 것만 같았다.

"그래, 은수야. 우리가 해냈어. 우리가 끝내 이겼다고."

명준이 외치는 소리가 들리는 듯했다. 은수는 눈을 들어 하늘을 올려다보았다. 불현듯 파란 하늘을 배경으로 활짝 펼쳐진 명준의 손이 떠올랐다. 길고 섬세한 열 개의 손가락, 그중 두 개의 뭉툭한 손가락. 은수는 자기도 모르게 서늘해지는 가슴을 움켜잡았다.

16 여름 왈츠

혜화역을 빠져나온 은수의 눈은 저절로 휘둥그레졌다. 녹음이 짙게 드리운 마로니에 공원은 많은 사람들로 발 디딜 틈 없이 북적였다. 걸핏하면 최루탄 가스와 화염병이 터지던 거리는 언제 그랬나 싶게 젊음의 활기로 넘쳤다. 여기저기서 웃음소리가 쏟아졌다. 작열하는 8월의 태양마저 젊음의 위세에 꺾인 듯 풀이 죽었다. 한껏 멋을 부린 대학생들은 무리를 지어, 혹은 남녀 짝을 지어 거리로 나와 승리의 축제를 즐겼다. 노태우 대표가 6·29 선언을 한 이후 위세 당당하던 전두환 대통령마저 직선제 개헌과 평화적 정권 이양을 전폭적으로 수용하겠다고 했다. 환희는 독재에 항거

해 온몸으로 싸운 그들의 몫인 게 당연했다.

연우는 콩쿠르 결선 날, 마로니에 공원에서 버스킹을 하자고 은수에게 제안했다. 하지만 은수는 선뜻 마음을 정하지 못했다. 연성은 무사히 돌아왔지만 명준에게서는 아직 아무런 소식이 없었다. 날마다 전화를 애타게 기다렸고 대문 열리는 소리에 가슴이 쿵 내려앉곤 했지만, 명준은 끝내 아무 소식도 전해 오지 않았다. 은수는 명준의 바이올린을 꺼내 보며 불안한 마음을 달랬다.

"선생님, 어디 계세요? 무사하신 거죠?"

은수는 담담해지려고 애썼다. 아무 일도 없을 거라고 되뇌었지만, 가슴 한편에는 여전히 불안이 독버섯처럼 웅크리고 있었다. 연우는 그런 은수를 달래고 또 위로했다.

"은수야, 혹시 알아? 우리가 하는 버스킹 소식이 선생님 귀에 들어갈지. 신문사에서 취재 나올 수도 있고, 누가 입소문을 낼 수도 있고, 어쩌면 소문 듣고 명준 선생님이 한걸음에 달려올지 모르잖아."

결국 은수는 버스킹을 하기로 마음을 정했다.

은수는 붐비는 사람들 틈에서 연우를 찾았다. 세종문화회관에서 콩쿠르 결선이 끝나자마자 마로니에 공원으로 숨차게 달려왔다. 콩쿠르 결과는 뻔했다. 기다릴 것도, 기대할 것도 없었다. 중요한 건 그게 아니었다. 엄마 소원대로 세종문화회관이라는 큰 무대에 섰으니 의무는 다한 거다. 그걸로 충분했다. 이제는 엄마도 알았을 것이다. 은수의 실력으로 엄마의 기대를 채우기는 무리라는 걸.

대신 은수는 오늘 마음을 다해 연주하리라 다짐했다. 버스킹 소식이 입소문을 타고 어딘가에 있을 명준에게 전해지리란 간절한 희망을 품고 여기까지 온 것이다.

연우는 은수와 달리 지역 예선을 치르지 못해 콩쿠르에 출전하지 못했다. 지역 예선을 치를 당시 연우네 가족은 근심에 휩싸였다. 섬유 공장 노동자로 숨어 지내던 연성이 발각될 위기에 놓여 다른 곳으로 몸을 피했다는 소식을 들었기 때문이었다. 다행히 얼마 지나지 않아 6·29 선언이 있었고, 몇 주 후에 연성의 수배령이 풀렸다.

"은수야!"

사람들 사이에서 연우가 손을 흔들었다. 언제 준비했는지 연우가 있는 곳에는 작은 알림 현수막이 세워져 있었다.

여름 왈츠

바이올린 김은수

첼로 도연우

여름 왈츠! 현수막을 보자 뭉클한 감동이 밀려왔다. 그동안 연우와 버스킹의 주제를 무엇으로 정할지 전화로 수없이 의논하며 의견을 나누었다. 연우는 '위로의 버스킹'이 어떠냐고 했다. 민주화 운동으로 상처받은 사람들을 위로하자는 큰 뜻이 담겨 있다고 주장했다. 좋은 생각이지만 은수는 그다지 마음에 들지 않았다. 고심 끝에 '여름 왈츠'를 제안했다. 반대할 줄 알았던 연우가 뜻밖에도 환호했다.

"와아, 좋아, 좋아. 멋져. 왈츠라니!"

연우는 단박에 쇼스타코비치의 왈츠를 흥얼거렸다. 은수는 깜짝 놀랐다. 연우도 쇼스타코비치의 왈츠를 좋아한다는 게 믿기지 않았다.

"연우야!"

은수는 달려가 연우의 손을 잡았다. 연우도 은수의 손을 마주 잡고 깡충깡충 뛰었다. 둘이 마주 한 건 이제 겨우 두 번째였지만, 오래된 친구처럼 정답고 가까웠다.

"우리 오빠도 왔어."

연우가 옆으로 눈길을 돌리자, 플라타너스 그늘 속에서 한 청년이 손을 흔들었다.

"반갑다, 은수야."

건장한 청년이 친근하게 은수의 이름을 불렀다. 연성은

연우의 말대로 다정하고 푸근한 인상이었다. 저 옆에 명준이 있었다면. 은수는 연성과 나란히 서 있는 명준의 모습을 그려 보았다. 손바닥에 연고를 발라 주던 따듯한 손길. 애틋하게 바라보던 눈빛이 생각나서 눈앞이 흐려지며 가슴이 뻐근해졌다. 은수는 침을 꿀꺽 삼키고 짐짓 담담하게 고개를 숙여 인사했다.

"얘기 많이 들었어. 연주 기대된다. 잘 해낼 거야."

연성이 눈을 살짝 찡긋하며 은수에게 엄지를 들어 보였다. 은수의 귓불이 빨개졌다.

"자, 그럼 한 번 확인해 볼까?"

연성은 반주 테이프를 녹음기 속에 넣고 앰프와 연결했다. 준비한 곡들의 반주가 앰프를 통해 흘러나왔다. 주변 사람들의 눈길이 모였다. 연우가 미리 반주 테이프를 우편으로 보내 주어 여러 번 연습했지만, 콩쿠르 결선 때보다 더 떨렸다. 자칫하다간 웃음거리가 될 것 같아 더럭 겁이 났다.

'은수야, 괜찮아. 우리 잘할 수 있어.'

연우가 눈치를 채고 눈빛으로 긴장한 은수를 북돋아 주었다. 은수는 연우와 눈을 맞춘 다음 깊게 호흡했다.

'그래, 연우와 나는 눈빛만 봐도 알 수 있어. 우린 마음이 통하는 친구야.'

은수는 자신을 믿고, 나아가서 연우를 믿기로 했다. 어느새 현수막을 본 사람들이 하나둘, 주변으로 몰려들었다.

'선생님, 어느 곳에 있더라도 저의 연주를 들어 주세요. 꼭 그래야 해요.'

마침내 은수의 손에 힘이 들어갔다. 앰프를 통해 피아노 반주가 흘러나오자, 은수가 활을 들어 바이올린을 연주하기 시작했다. 눈을 감고 몇 마디 선주를 듣던 연우가 박자에 맞춰 첼로로 받았다. 바이올린과 첼로 소리가 서로 어우러져 울창한 플라타너스의 녹음 속으로 힘 있게 스며들었다. 파헬벨의 「캐논Canon in D Major」이었다. 조용하고 차분한 멜로디가 많은 이들에게 평화와 위안을 줄 수 있을 것 같아 은수와 연우가 고심해서 선곡한 것이다. 이어지는 곡은 드보르자크의 「유모레스크」였다. 유모레스크는 사람들이 많이 아는 곡이고 밝고 경쾌해서 분위기를 살리기에 충분했다. 아니나 다를까, 유모레스크의 경쾌한 멜로디가 공원 가득 울려 퍼지자, 바쁘게 오가던 사람들이 걸음을 멈추고 점점 더 모여들기 시작했다. 사람들은 어린 여중생들이 연주하는 것을 보고, '와아!' 하는 환호성과 더불어 열렬히 박수로 격려해 주었다. 그 외 『반달』, 『고향의 봄』, 『꽃밭에서』 등의 동요 메들리를 연주하자, 사람들은 신나게 따라 부르기 시작했다. 연성이 기타를 치며 합류하는 순간, 분위기는 절정을 이루었다. 실수 없이 연주가 끝났다.

'후유.'

은수는 안도의 한숨을 내쉬며 연우와 눈길을 맞췄다. 연우가 준비됐다는 듯 자신 있게 고개를 끄덕였다. 은수는 바이올린을 어깨에 올리고 조용히 숨을 골랐다. 일순 주변에는 정적이 감돌았다. 관객들은 무슨 곡이 흘러나올까 기대하는 눈치였다. 이윽고 두 대의 현악기에서 부드러운 선율이 울려 퍼졌다. 피날레를 장식할 회심의 「왈츠」였다.

'와아!'

관객 사이에서 조용한 탄식이 터졌다. 두 대의 악기가 화합하듯 이어지는 아름다운 화음은 사람들의 가슴을 적시고 녹아들었다. 어느덧 사람들은 수줍음은 저 멀리 던져두고, 왈츠의 선율에 몸을 맡겼다. 수줍게 몸을 움직이며 리듬을 타는 사람, 흥에 겨워 두 손을 맞잡고 춤추듯 빙글빙글 도는 연인들, 어깨를 들썩이며 한껏 분위기를 돋우는 사람들……. 여기저기서 웃음꽃이 피어났다. 화려한 무도회장이 아니어도 모두가 한마음이 된 순간이었다.

연주가 끝나자, 우레와 같은 박수 소리와 함성이 터졌다. 서로 조금씩 어긋난 부분도 있었지만, 버스킹은 그야말로 대성공이었다.

은수는 모처럼 느긋하게 아침을 맞았다. 지난 일주일은 2학기 중간고사로 정신이 없었다. 차분하게 시험에 집중했으니 좋은 결과가 나올 거라는 믿음이 있었다. 창문을 활짝 열어젖히자, 눈이 시릴 정도로 파란 하늘이 시야 가득 들어왔다. 구름 한 점 없는 맑은 날씨였다. 멀리 보이는 치악산도 울긋불긋한 단풍으로 물들어 있었다. 은수는 맑은 가을 공기를 가슴 깊이 들이마셨다. 오늘은 늦은 아침을 간단히 먹은 후, 고유림이 있는 미용실에 들러 제멋대로 자란 머리를 손질하기로 마음먹었다.

은수가 고유림을 다시 만난 건 개학을 앞둔 어느 오후, 시내 번화가에 자리 잡은 앙드레 미용실에서였다. 동네 단골 미용실을 제쳐두고 번화가에 있는 미용실을 찾은 것은 일종의 엄마에 대한 반항심 때문이었다. 유명세 탓인지 미용실에는 손님이 많았다. 오랜 기다림 끝에 머리를 다듬고, 미용실 뒤쪽 샴푸실에 들어섰을 때였다.

"은수 아니야?"

은수를 먼저 알아본 건 고유림이었다. 일 년이 지났지만, 여전히 기억 속에 각인되어 있는 얼굴. 고유림은 미용실 로 고가 찍힌 빨간 유니폼을 입고 있었다.

"어…… 어……."

은수는 너무 뜻밖이라 말을 더듬었다. 실업계 고등학교에 다닌다던 고유림이 왜 미용실에 있나 싶었다.

"너 여기 단골이었어?"

고유림도 놀랐는지 눈을 크게 떴다.

"아, 아…… 아니요. 오늘 처음 왔어요."

"그래? 난 여기서 미용 기술 배워. 공부는 물 건너 갔고, 이다음에 미용사 자격증 따서 미용실 차리려고."

고유림이 쑥스러워하며 웃었다. 오랜만에 보는 고유림은 퍽 낯설었다. 트레이드 마크인 닭 볏 머리는 간데없고, 긴 생머리를 질끈 묶고 있었다. 은수보다 겨우 한 살 많은데도 왠지 고유림은 어른티가 났다.

"은수야, 여기 누워. 머리 마사지 시원하게 해 줄게."

은수는 고유림의 손짓에 따라 움직이면서도 영 어색하고 불편했다.

"너 요즘도 바이올린 하니?"

고유림은 은수에게 샴푸를 해 주며 자연스럽게 말을 이었다.

"아, 네."

"넌 잘할 거야. 이다음에 내가 미용실 차리면 너 단골 될 거지?"

"네? 네."

"하하, 그럴 줄 알았어. 네가 유명 바이올리니스트가 되면 우리 미용실이 단박에 유명해질 거야. 미리 사인도 받아야지."

고유림의 손맛은 그야말로 시원했다. 원장님처럼 커트하려면 몇 년을 더 수련해야 한다고 했지만, 손끝이 야무진 걸로 보아 소질이 있는 게 분명하다고 은수는 생각했다.

오늘 고유림을 다시 만날 생각을 하니, 은수는 기분이 좋아졌다. 주방으로 들어가 서둘러 식탁보를 걷었다.

"어!"

정갈하게 썰어 놓은 김치, 예쁜 접시에 담은 몇 가지 기본 찬, 고등어구이와 손이 많이 가는 계란말이까지. 한눈에도 엄마의 정성이 가득 담긴 밥상이었다.

지난여름 이후, 은수는 줄곧 엄마와 화해하지 못했다. 엄마는 은수를 책망하기는커녕 눈길조차 주지 않았다. 은수가 용서를 빌며 이해해 달라고 말했지만, 엄마는 꿈쩍도 하지 않았다. 시간이 갈수록 은수의 마음에는 점점 엄마에 대한 원망이 쌓여 갔다. 때로는 서러워 혼자 울기도 했다.

은수는 외롭고 허전할 때마다 명준의 바이올린을 꺼내 느슨해진 줄을 맞췄다. 속마음을 털어놓듯 살며시 활을 그어 보기도 했다. 아마 명준의 바이올린이 없었다면, 집을 뛰쳐나가 방황했을지도 모른다. 그런데 그랬던 엄마가 이런 방식으로 화해의 손짓을 하다니, 역시 자존심 강한 이미영 씨다웠다.

은수는 더워지는 눈가를 손등으로 훔치고 천천히 숟가락을 들었다. 윤기가 흐르는 하얀 쌀밥, 구수한 시래기 된장국, 채소가 듬뿍 들어간 계란말이와 식어서 조금은 딱딱해진 고등어구이까지. 은수는 밥 한 공기를 다 비웠다. 그러고는 차분히 외출을 준비했다.

은수가 막 현관을 나설 때였다.

뚜르르.

거실 전화기가 울렸다. 연우 아니면 엄마일 것이다. 은수는 몸을 돌려 전화기를 들었다.

“여보세요.”

잠깐의 침묵이 흘렀다. 잘못 걸린 전화 같았다. 수화기를 내려놓으려다 은수는 미심쩍어 목소리를 높였다.

“여보세요?”

“은수야!”

은수의 심장이 툭 떨어졌다. 너무나 그리운 목소리. 애타게 듣고 싶은 목소리. 바로 명준이었다.

"선생님!"

"응, 그래. 나야."

젖은 명준의 목소리가 나직하게 울렸다.

"선생님!"

은수가 울먹였다.

명준의 눈에도 천천히 물기가 어렸다.

"잘 있었어?"

"선생님은요? 괜찮은 거죠? 무사하신 거죠?"

은수의 목소리가 수화기 속에서 통통 튀어 올랐다.

"응, 괜찮아. 다 괜찮아."

명준은 힘 있게 고개를 끄덕였다.

지난 몇 달 동안 명준은 해야 할 일을 했다. 자기 입으로 곤경에 빠뜨렸던 동지를 찾아 용서를 비는 일은 힘들고 어려웠다. 더러는 옥고를 치렀고, 더러는 요령 있게 피신하여 무사했다. 누구든 그럴 수 있어. 네 잘못이 아니야. 그렇게 말해 준 동지가 있는가 하면 얼굴조차 마주하지 않으려는 동지도 있었다. 그런 동지들에겐 두고두고 용서를 빌 생각이었다.

"선생님, 어디예요? 기다려요. 금방 갈게요."

"은수야, 잠깐만. 서두르지 말고 내 얘기 잘 들어."

명준은 들뜬 은수를 누그러뜨렸다.

"내가 갈게. 넌 버스 정류장 쪽으로 천천히 걸어와. 아마 삼십 분쯤 걸릴 거야. 참! 내 바이올린 잘 보관하고 있지?"

"그럼요. 설마 바이올린만 찾으러 온 건 아니죠?"

"하하하."

당찬 은수의 말에 명준이 할 말을 찾지 못하고 웃었다. 기분 좋은 웃음소리였다.

은수는 전화를 끊고 명준의 바이올린 가방을 어깨에 멨다. 그러고는 나는 듯이 버스 정류장을 향해 달려갔다. 화창한 시월 오후였다.

작가의 말

나는 그날, 부끄러움을 배웠다

1987년, 나는 서른을 갓 넘긴 직장인이자 연년생의 두 아이를 키우는 주부였습니다. 하루하루가 전쟁처럼 바빴고, 정치나 사회 문제에 눈 돌릴 여유도, 관심도 없었습니다. 그저 내 가족의 편안한 일상을 지키는 일만으로도 숨이 찼던 시절이었습니다.

그런데 어느 날, 퇴근길에 우연히 마주한 장면은 아직도 선명하게 기억납니다.

장바구니를 들고 인천 부평역 앞을 지날 때였습니다. 갑자기 어디선가 젊은이들이 개미 떼처럼 모여들더니 대로 한복판에 자리를 잡고 앉는 것이었습니다. 족히 수백 명은 되어 보였고, 그들의 행동은 매우 차분하고 질서정연했습니다. 그들은 나직하고 묵직하게 노래를 불렀습니다. 바로 『우리의 소원은 통일』이란 동요를 개사한 『우리의 소원은 민주』였습니다. 이어서 "독재 타도", "호헌 철폐"라는 구호가 메아리쳤고, 그들의 얼굴엔 결연함과 간절함이 서려 있었습니다.

그때 처음으로 정치에 대해 무관심한 나 자신이 부끄러웠습니다. 내 아이가 자랄 세상을 누가 만들 수 있는지를 생각하게 되었고, 내가 지켜야 할 것들이 무엇인지 처음으로 질문하게 되었습니다.

지금 이 책을 읽는 청소년들도 언젠가는 자기만의 '87년'을 마주하게 될지 모릅니다. 87년의 여름은 끝났지만, 그 정신은 아직도 이어지고 있습니다. 어쩌면 지금, 여기에서도 현재 진행형일 수 있습니다. 1987년 민주화 항쟁은 바로 그때, 누군가의 '왜?'에서 비롯되었다는 것을 기억하기 바랍니다. 나처럼 뒤늦게 부끄러워하지 않기를 바랍니다.

이 작품은 그때 그 부끄러움에서 출발했습니다. 그 여름날, 세상을 바꾸기 위해 거리로 나섰던 젊은이들. 그들은 비폭력과 노래로 저항했고, 그 물결이 결국 우리 모두의 삶을 바꿨습니다. 당시의 거리엔 수많은 이름 없는 이들이 있었습니다. 그들은 죽음으로, 뜨거운 젊은 피로 역사를 바꾸었습니다. 나는 그 장면을 결코 잊을 수 없었고, 언젠가 꼭 이 이야기를 전하고 싶었습니다.

나는 그날의 목소리를, 그 정신을, 평범한 두 여중생의 시선으로 비교적 담담하게 담으려고 애썼습니다. 일상을 누리던 평범한 두 아이가 우연과 필연으로 엮이며 사회 현실에 눈을 뜨게 되고, 그들 역시 그런 투쟁의 역사와 결코 무관할 수 없음을 보여 주려고 했습니다. 아울러 위기에 빠진 국가를 구한 것은 언제나 권력을 가진 이들이 아니라 힘없는 국민이었음을 상기시키고 싶었습니다.

이 글이 조금이나마 여러분의 마음에 가닿기를 바랍니다.

2025년 5월 남한강이 보이는 서재에서

원유순

그 여름의 왈츠

1판 1쇄 발행 2025년 6월 25일
1판 2쇄 발행 2025년 10월 25일

지은이 원유순
발행인 전연휘
편집 전연휘, 김민애
디자인 호롱불스튜디오
홍보·마케팅 양경희, 노혜이

발행처 안녕로빈
출판등록 2018년 3월 20일(제 2018-000022호)
주소 서울특별시 광진구 아차산로69길 29 1108
전화 02 458 7307 **팩스** 02 6442 7347
인스타그램 @hellorobin_books
블로그 blog.naver.com/hellorobin_
E-mail robinbooks@naver.com
yellowq2019@naver.com(투고)

ISBN 979-11-91942-65-1(44810)
979-11-91942-64-4(set)

* 이 책은 경기도와 경기문화재단이 지원하는 「2025 경기예술지원 2차 원로예술활동지원(문학)」사업에 선정되어 발간되었습니다.